창은 흐르다

사람은 홀로 산다

김별아
산문

한겨레출판

/

어섯눈으로 바라본
세상의 기록들

2008년 여름, 이방(異邦)에서의 생활을 정리하고 돌아와 어리
벙벙하던 중에 〈한겨레〉 문학담당기자 최재봉 선배의 연락을 받았
다. '딱 6개월만' 칼럼 한 꼭지를 맡아 쓰라는 것이었다. 당시의 개인
적인 형편이나 세상 돌아가는 꼬락서니를 생각하면 모르쇠를 잡고
숨어들고만 싶었으나, 그 와중에도 칠실지우(漆室之憂)나마 넋두리
를 풀어놓고픈 의뭉수가 있었나보다. 얼결에 제안을 수락하고 시작
한 연재가 어찌어찌 당초에 약속한 6개월을 넘어 햇수로 4년 동안
이어졌으니, 내가 아니라 시간이 쓴 듯한 토막글을 모아 이렇게 책
을 묶는 지경에 이르렀다.

세상은 이미 충분히 수다스럽다. 말과 글이 모자라서가 아니라

넘쳐서 문제다. 뱉으면 주위 담을 수 없는 말하기보다 곰곰궁리가 가능한 글을 쓴다는 건 다행이지만, 신문에 칼럼으로 게재하는 글은 엄연한 발언(發言)이기에 사뭇 조심스러웠다. 잡설, 독설, 객설이 범람하는 세상에서 무슨 말을 할까를 고민하기보다 무슨 말을 하지 말아야 할까를 고민했다. 내 깜냥이 닿는 한도에서 정직하게, 폼 잡지 않고 할 수 있는 말만 하려 애썼다. 언제까지고 성실한 학생으로 사는 것이 '나의 가장 나종 지니인' 소원인 바, 세상을 휘돌아보며 다만 내가 조금 먼저 배운 것을 공유하고자 했다. 마음은 그러했으되 여전히 주제넘고 외람된 헛말이 있었다면 내 재주가 모자란 탓이다.

신문은 재미있는 지면이다. 독자들의 반응이 즉각적이고 거의 실시간으로 전달된다. 하지만 1600자에서 1800자 내에서 이야기할 수 있는 것은 한계가 있다. 때로는 넘치는 마음을 삭이고 때로는 부족한 생각을 자아내야 했다. 목불인견에 유구무언이라, 환난의 세사에 진력날 때면 차라리 아무 말도 하고 싶지 않다는 무력감에 빠지기도 했다. 온몸을 던져 삶을 밀고 나가는 이들을 보면 컴퓨터 앞에 앉아 엉두덜거리는 것이 부끄럽고 허망했다. 하지만 한 꼭지의 글감을 마련하기 위해 어섯눈으로나마 눈을 부릅뜨고 세상을 바라보는 순간, 자폐의 골방에서 빠져나와 소통의 광장에 자리할 수 있었음에 감사한다.

수록된 글의 대부분은 2009년 2월부터 2012년 5월까지 한 달에 한 번꼴로 〈한겨레〉에 실었던 칼럼이고, 나머지 몇은 다른 신문 지면을 통해 발표된 것이다. 글의 순서를 시간대로 배열하지 않았으나 신문 칼럼의 특성상 그때 그 분위기가 아니면 이해하기 어려운 내용이나 정서가 있어, 정리하며 간단한 배경과 현재적 소감을 덧붙였다.

짧고 어눌한 이 토막글들과 함께, 어쨌거나 한 시절을 지났다. 이제 또다시 새로운 계절이 다가온다. 불안과 기대가 교차하는 환절기, 모두들 부디 강건하시길.

2012년 가을

김별아

/ 차례 /

밥을 지어 밥을 떠서 밥을 먹을 때,
삶은 비로소 뜨거워진다.
누군가를 위해 밥을 지어
누군가를 위해 밥을 떠서
누군가와 함께 밥을 먹을 때,
존비와 보상의 경계는 까무룩 사라진다.
먼 곳에서 떠돌던 햇살의 시간, 바람의 시간,
비와 풀벌레와 거름이 썩어가는 시간이
내 배 속에 그득하다.
그리움의 시간, 외로움의 시간,
홀로 거리를 헤매던 방황의 시간을
연민과 안도감으로 소화한다.

/ 1부 /

달려라 앨리스

삶은
홀수다

계집아이들이 이마를 맞대고 귓불에 입술이 닿을 듯 바싹 다가앉아 속닥거린다. 시시풍덩한 얘기에도 배를 잡고 뒹굴며 웃고, 화장실에 갈 때조차 서로의 손을 잡거나 팔짱을 낀 채 몰려 나간다. 사내아이들이 힘의 강약에 따라 서열을 만드는 것과 대비되어, 계집아이들은 무리를 짓고 단짝을 찾는다. 끼리끼리 어울려 다니며 자기들끼리만 아는 비밀을 주고받는다. 가족들에게도 말하지 않는 이야기를 털어놓고 아무에게도 밝히지 않겠노라고 손가락 도장을 꾹꾹 눌러 찍는다.

무리를 둘러싼 벽은 단단해 보였다. 아무래도 쉽게 넘나들 수 없을 것 같았다. 그래서 나는 좀처럼 그 무리에 끼어들 수가 없었다. 좋아하는 연예인이나 선생님도 없고, 선물 가게와 옷 가게를 드나드는 일에는 흥미가 없고, 분식집에서 죽치며 몇 시간씩 수다를 떠는 일에도 젬병이었기 때문이다. 어둡고 소심한 나 자신이 싫기도 했지만 무리에 속하기 위해 나를 버리고 바꿀 수는 없었다. 어려서부터 나는 혼자였다.

어른이 되어서도 나는 혼자다. 하지만 이제는 더 이상 혼자라는 사실을 꺼려하며 무리의 주변을 맴돌며 기웃거리거나 비굴한 웃음을 흘리지 않는다. 독일의 심리상담가 마리엘라 자르토리우스의 말을 삶 속에서 깨우치게 되면서부터이다.

"사람들이 가장 두려워하는 것은 '홀로 있는 것'이 아니라 '외톨이로 여겨지는 것'이다."

사람들은 여전히 무리를 짓는 일에 열심이다. 모임을 만들고, 시시때때로 연락을 하고, 시간을 쪼개어 약속을 잡는다. 휴대폰이 울리지 않는 날에는 우울해지고 나만 빼놓고 저희들끼리 만나고 있을까 봐 걱정을 한다. 식당에 들어가 혼자 밥을 먹으면 사람들이 이상한 눈길로 쳐다볼까봐 차라리 굶기를 택하고, 결혼사진을 찍을 때 배경이 되어줄 친구들이 없는 게 부끄러워 대행서비스를 통해 하객을 사기도 한다. 인맥을 잘 관리하는 것이 성공의 비결이요, 사회생활에서는 인간관계가 곧 재산이라는 말을 들으면 마음이 더 조급해진다.

그런 이들은 '홀로 있는 것'이 얼마나 재미있고 자유로운 일인지를 알지 못한다. 혼자만이 만끽할 수 있는 기쁨과 그것을 통해 풍요로워지는 삶의 비밀을 모르기 때문이다. 동행 없이 홀로 산책을 하면 남의 보폭에 나를 맞출 필요가 없다. 쇼핑을 할 때 혼자라면 타인의 취향을 강요당할 염려가 없으니 유행보다 개성을 따를 수 있다. 아직까지 혼자 뷔페에 가거나 고깃집에서 삼겹살 2인분을 당당히 구워 먹고 나온 적은 없지만, 홀로 기차를 기다리며 역전 재래시장의 식당에서 순댓국을 안주 삼아 소주 반병에 얼근히 취했던 기억은 내가 경험한 어떤 여행의 추억보다 멋진 것이다.

외로워서 그리운 게 아니라 그리워서 가만히 외로워져야 사랑이다. 마음의 허기를 채우기 위해 허겁지겁 사랑하기보다는 지나친 포만감을 경계하며 그리움의 공복을 즐기는 편이 낫다. 무릇 성숙한 인간관계란 서로에게 보상을 기대하지 않는 것이다. 언제 어디서라도 내가 주고픈 만큼 돌려받을 생각을 하지 않고 깜냥껏 베풀면 그만이다. 그러니 정기적으로 만나거나 단짝처럼 붙어 다니는 친구가 없어도 서운하거나 불안치 않다. 진정한 믿음과 이해는 미주알고주알 일상을 보고하지 않아도 내가 살아가는 삶의 방식을 통해 전달된다.

삶은 어차피 홀수이다. 혼자 왔다가 혼자 간다. 그 사실에 새삼 놀라거나 쓸쓸해할 필요는 없을 것이다. 스스로 자신의 가장 좋은 벗이 되어 충만한 자유로움을 흠뻑 즐길 수 있다면, 홀로 있을지언정 더 이상 외톨이는 아닐 테니까.

＊

거칠게 말해, 현대인의 병은 외로움 때문이거나 외롭지 않으려고 발버둥질하다가 생긴다. 1935년 이전까지 어느 책에서도 발견되지 않던 '소외'라는 말이 유행어를 넘어 사어(死語)가 되다시피 한 지금, 그 난해한 개념으로서의 무력감, 무의미성, 고립감, 배척감은 아예 일상에 스며들어 자연스럽기까지 하다. 모두가 외로워 쩔쩔매다보니 기를 쓰고 허황된 일을 벌이거나 무리를 지어 따돌림을 하거나 부질없는 욕망에 연연한다.

하지만 인간의 삶에 외로움은 숙명이다. 부리던 노예와 애완하던 개까지 무덤 속으로 끌고 들어가려 했던 제왕들의 거대한 무덤에는 기실 고독에 대한 공포만이 가득하다. 홀연히 왔다 홀연히 떠나기를 두려워하지 않기 위해 오늘도 질경질경 자기 암시의 구호를 짓씹는다.

"외로워져야 자유로울 수 있다!"

미안해
고마워

사랑해

할머니가 돌아가셨다. 굿판에서 시골 노파들의 쌈짓돈을 확실하게 털어내는 영매의 축수(祝壽)처럼 '딱 사흘만 앓고 자다가 가시지'는 못했지만 큰 병 없이 아흔네 해를 살고 석 달 동안 요양원에 누웠다 가셨으니 세상이 말하는 호상임에 틀림없었다. 여섯 남매에 열두 손자와 올망졸망한 증손들까지 다 모여 떠들썩한 잔치 같은 장례를 치렀다.

출상 전날 밤 만취한 막내삼촌이 "엄마!"를 부르며 영정 앞에서 울다 잠든 것과 하관 때 오십 년간 시집살이를 했던 큰엄마가 애증의 통곡을 한 것을 제외하곤 크게 우는 사람도 없었다. 할아버지와 합장한 묘에 봉분이 다져지는 동안 갈 길이 먼 자손들은 뿔뿔이 흩어졌다. 앞으로는 제사를 없애고 종교의식으로 대체할 예정이라니 어디서 어떻게 사는지 먼저 말하기 전엔 묻지 않는, 좋게 말하면 '쿨'하고 나쁘게 말하면 콩가루 같은 대가족이 이렇게 다시 만날 일은 거의 없을 것이었다.

"아버지, 이제 고아가 되셨네?!"

일흔을 코앞에 둔 아버지에게 여전히 철딱서니인 딸년이 농을 던졌다. 아무리 나이를 먹어도 부모와 헤어지면 길 잃은 아이처럼 서럽고 외로울 것이다. 그래도 먼저 고아가 된 엄마와 이제 막 고아가 된 아버지는 내리사랑에 뭐라도 하나 더 챙겨주려 찬장을 뒤진다. 버스가 시야에서 사라질 때까지 터미널에서 손을 흔드는 모습을 보노라니 울컥 가슴에 무언가가 치민다. 이렇게 자꾸 헤어지는 연습을 하다보면 언젠가는 웃으며 이별할 수 있을까?

사랑과 감사를 한꺼번에 몰아 바쳐야 하는 5월이 왔다. 어린이날, 어버이날, 스승의 날, 성년의 날, 부부의 날…… . 이른바 5월은 '가족의 달'이다. 뜻 깊은 일을 잊지 않고 마음에 간직하기 위해 기념일이란 게 필요하긴 하겠지만 과연 그 이름과 실상이 일치하는지에 대해서는 의문이다. 각박한 현실에 고단한 사람들에게 5월은 가뜩이나 빡빡한 가계부에 붉은 표지가 새겨지는 적자와 부담의 달에 다름 아니다. 때맞춰 언론에서는 기념일의 주인공들에게 "가장 받고 싶은 선물은?" 같은 질문을 퍼붓고 몇몇 소수 의견을 제외하곤 부동의 1위가 "닥치고 현금!"이라는 결과를 발표한다. 돈, 현금이 좋다는 의견이야 충분히 이해할 만하다. 취향에 맞지 않거나 필요 없는 물건을 받으면 주는 사람은 맥없고 받는 사람도 허탈하다. 하지만 편리하고 확실한 만능의 현금이 얼마만큼 사랑과 감사를 표현할 수 있을까? 10만 원어치의 사랑과 50만 원짜리 감사가 과연 가능할까?

아는 사람은 다 아는 불효녀인 나는 얼마 전 전에 없던 별짓을 했다. 새로 펴낸 산문집을 집에 부치며 용기를 내어 마음을 함께 담아 보낸 것이다. 사실은 책 내용에 소아우울증을 앓았던 나를 방치할 수밖에 없었던 엄마와 '그 시대의 일반적인 남성을 기준으로 나쁘지는 않았지만 지극히 태무심했던' 아버지에 대해 '긁어놓은' 것에 제 발이 저려 선수를 친 것이기도 하지만, 언젠가 한번쯤 꼭 하고 싶었던 말을 마흔이 넘어서야 책의 속지에 적어 넣었다.

'언제나 그 자리에서 나를 기다려준 엄마와 아버지께 — 미안하고, 고맙고, 사랑합니다!'

난생 처음 하는 고백인지라 짧은 문장을 쓰는 동안 온몸에 닭살이 돋고 손발이 오그라들었다. 하지만 신달자 시인의 책 제목《미안해 고마워 사랑해》처럼, 진심을 표현하는 말은 그토록 단순하고 소박할 수밖에 없다. 상처를 무기 삼아 날을 세운 채 방황하는 딸을 끝까지 믿고 기다려준 부모님이 아니었다면 나는 세상 속 내 자리를 찾지 못했을 것이다. 뒤늦을 망정 아주 늦은 것은 아니었던지, 엄마와 아버지는 지금껏 속만 썩인 말썽쟁이 딸의 고백을 마음의 백지수표처럼 받아 들고 끝내 눈물을 흘리셨다고 한다.

누군가 말했다. 표현하지 않는 사랑은 사랑이 아니라고. 삶이 그러하듯 사랑도 순간이기에 진정한 삶의 용기는 아낌없이 사랑과 감사를 표현하는 일로부터 출발한다. 일단은 굳어진 입에서 그 말을 꺼내는 것이 시작일 터, 봉투에 얼마를 넣을까 하는 고민은 다음에 해도 늦지 않을 것이다.

✳

어느 야물고 깔끔한 이의 글에서, 외출할 때마다 '만약'의 사고에 대비해 속옷을 신경 써 갈아입는다는 대목을 읽었다. 그러한 '만약'이 언제 어떻게 닥칠지는 알 수 없지만, 내가 신경 쓰이는 것은 낡아 구멍이 난 속옷보다 무심히 남긴 '마지막' 말들이다.

행여 "미안해"라는 말이 아닌 "그만해"라는 말을 남기지는 않을는지,

행여 "고마워"라는 말이 아닌 "빨리해"라는 말을 남기지는 않을는지,

행여 "사랑해"라는 말이 아닌 "공부해"라는 말을 남기지는 않을는지.

정말 두려운 것은 남아 있는 부끄러움보다 남기지 못한 용서와 감사와 사랑이다. 그 세 마디 말밖에는 더 남길 것도, 가져갈 것도 없으리니.

먹고살기의
괴로움,

혹은 즐거움

때때로 도움을 받으면서도 제대로 인사를
할 기회가 없었던 선배에게 밥이나 한 끼 같이 먹자고 연락을 했다.
아침부터 일정이 빼곡한 날이라 저녁 무렵에는 지치고 허기가 져서
만나자마자 안부를 물을 겨를도 없이 식당부터 찾았다. 도심이라
주차가 여의치 않아 여기저기를 헤맨 끝에 선배가 단골집이라며 데
려간 곳은 번화한 거리에서 얼마간 떨어진 골목 안에 자리한 포장
마차형 술집이었다.

허름한 외관과는 달리 내부에는 손님들이 가득 들어차 성업 중
이었는데, 메뉴판을 펼쳐보니 계란말이, 파전, 김치찌개, 닭볶음탕,
순대볶음…… 종류는 많지만 특색이라곤 없는 잡탕식이다. 옆 테
이블을 곁눈질하자니 대단한 맛이나 양을 기대하기도 힘들 것 같고

그렇다고 가격이 싼 것도 아니다. 이쯤에서 슬금슬금 기분이 좋지 않기 시작했는데 결정타는 선배가 고심 끝에 시킨 메뉴가 고등어구이라는 사실이었다.

"제가 벼르고 별러 맛있는 거 사드린다는데 고작 고등어구이를 고르세요?"

"아니, 고등어구이가 어때서? 그럼 계란말이를 시킬까?"

그제야 나는 내가 왜 선배의 선택에 화를 내고 있는지를 깨달았다. 식당 분위기가 마음에 들지 않거나 고등어구이가 싫어서가 아니라, 나는 요리를 해서 식탁을 차리는 주부의 눈으로 메뉴를 고르고 있었던 것이다. 그 값이면 고등어를 열 마리는 구울 수 있고 무항생제 유정란으로 만든 계란말이를 다섯 접시는 만들 수 있다. 물론 외식업자들의 생업도 중요하니 바깥에서의 매식을 무조건 반대할 수는 없겠지만, 내가 매일 집에서 만드는 반찬을 밖에서 사먹는다는 건 황당한 일이다. 그런데 그렇게 한참을 투덜거리는 내게 선배가 변명처럼 하는 말이 더 기막혔다.

"네 마음을 이해하지 못해서 미안하지만, 나는 하루 세 끼를 밖에서 먹거든. 그러다보니 집에서 먹는 것과 밖에서 먹는 걸 구별하지 못했어."

뜻밖의 이야기였다. 분주한 아침에는 다만 얼마라도 더 자기 위해 끼니를 거르고, 점심때는 먹는다기보다 설렁설렁 때우고, 저녁은 술자리에서 안주로 배를 채우거나 야식으로 에우다보니 하루 세 끼를 모조리 매식을 하게 되었다는 것이다. '먹고살기 위해' 일을 하고 돈을 벌고 정신없이 살아가지만 정작 제대로 먹을 수조차 없는 것이 도시인의 삶이다.

실제로 식약청의 소비자실태조사에서는 한국인의 2명 중 1명이 외식을 통해 나트륨을 과다 섭취하고 있다는 사실을 알면서도 건강보다는 음식의 맛을 선택한다고 대답했다. 몇몇 업체를 제외하고는 대부분의 식당이 맛을 위해 화학조미료를 첨가하고 있다는 사실도 이미 널리 알려진 바다. 고혈압과 당뇨 등 갖가지 성인병이 잘못된 식습관과 운동 부족에서 비롯된다는 것을 뻔히 알면서도 기껏해야 '가정식 백반'으로 '집 밥'을 먹을 수 없는 상실감을 달랜다.

밥은 단순한 밥이 아니다. 보릿고개가 있던 시절부터 생겨난 "식사하셨어요?"라는 인사말이 아직도 통용되는 것을 보면, 먹는 일은 본능을 넘어선 삶의 방식에 대한 문제이다. 시대가 바뀌어 먹을거리는 넘치도록 많아졌지만 정작 먹을 것에 정성을 쏟는 일에는 소홀하기 이를 데 없다. 가족의 다른 이름은 식구, 함께 밥을 먹는 사람들이지만 식탁 앞에 모여 앉기가 여간해선 쉽지 않다. 대충 먹고, 빨리 먹고, 혀를 즐겁게 하는 것이라면 따지지 않고 먹는 동안 우리의 삶도 그렇게 조심성 없이 경솔하게 알짬을 잃어가는 게 아닐까? 그러하기에 먹어도 먹어도 마음의 허기는 가시지 않는 게 아닐까?

다음번엔 선배를 집으로 초대해 못난 솜씨로 차린 밥상이나마

대접해야겠다. 거칠고 소박하지만 정겹고 따뜻한 마음으로 고봉밥
한 그릇에 구수한 된장찌개 한 뚝배기를 호호 불며 나눠 먹고 싶다.

＊

아들아, 밥은 그냥 뜨거운 거다

더럽거나 존엄하거나, 유상이든 무상이든

밥을 뜰 때 다른 시간이

우리의 몸이 되는 것

— 황규관, 〈밥〉 중에서

《태풍을 기다리는 시간》, 실천문학사, 2011)

밥을 지어 밥을 떠서 밥을 먹을 때, 삶은 비로소 뜨거워진다. 누
군가를 위해 밥을 지어 누군가를 위해 밥을 떠서 누군가와 함께 밥
을 먹을 때, 존비와 보상의 경계는 까무룩 사라진다. 먼 곳에서 떠
돌던 햇살의 시간, 바람의 시간, 비와 풀벌레와 거름이 썩어가는 시
간이 내 배 속에 그득하다. 그리움의 시간, 외로움의 시간, 홀로 거
리를 헤매던 방황의 시간을 연민과 안도감으로 소화한다.

아아, 잘 먹었다!

생애전환기
검사

　　　　　　　　잠재된 분노의 분출이었던지 착한 사람들과 못된 시비를 벌이고 온 뒤, 반성 모드로 배를 깔고 엎드려 국민건강보험공단에서 보내온 통지서를 들여다본다. 질병의 조기 발견과 생활 습관의 개선 처방을 위해 도입된 맞춤형 검진 프로그램, 생애전환기 검사를 받으란다. 위암, 유방암, 대장암, 간암, 자궁경부암……. 빼곡히 적힌 병명들이 우연히 들른 소도시 번화가에 늘어선 간판들 같다. 익숙하고도 낯설고, 낯설고도 익숙하다.

　그런데 위협적인 병명들보다 더 눈길을 잡아끄는 건 '생애전환기'라는 단어다. 단테가 말한 '인생의 반 고비'는 35세인데, 국민건강보험공단에서 말하는 '생애전환기'는 만 40세와 66세. 삶의 방향이나 상태가 다른 것으로 뒤바뀌는 시기, 한번쯤 왔던 길을 톺아

보고 가는 길을 헤아려봐야 할 때가 닥쳐왔다는 것이다. 어쨌거나 공적인 명칭 치고는 꽤 그럴듯한 정서적 울림이 있다. 생애전환기, 무엇을 바꾸거나 바꾸지 말아야 할 것인가?

건강검진 통지서 한 통에 마음이 나부룩하게 가라앉는 건 나이를 먹어간다는 데 대한 새삼스런 아쉬움이나 미래에 대한 두려움 때문이 아니다. 계절이 사색과 관조의 가을이기 때문도 아니다. 얼마 전 두 건의 부음을 받았다. 망자는 모두 40대였고, 생전에 의기왕성한 사업가였다가, 스스로 세상을 등졌다. 미성년의 자녀를 포함한 유족의 황망함이야 이루 말로 다할 수 없거니와, 뜻밖의 소식을 전해 들은 지인들의 심정도 참담하기 그지없었다.

왜냐고 따져 묻는다고 하여 왕복 차표를 발행하는 법이 없는 인생에 돌아오지 못할 길을 스스로 떠난 이들을 이해할 방도는 없을 것이다. OECD 30개국 가운데 최고로 인구 10만 명당 26명에 이른다는 평균 자살률의 통계도 사랑하는 사람을 잃은 살아남은 자들의 슬픔을 위로할 수는 없을 것이다. 사회학자 에밀 뒤르켐의 이론대로 이기적 자살과 이타적 자살과 아노미적 자살을 분류해 현상 뒤의 사회적 원인을 분석해보아도 지독한 고독 속에서 마지막 결단을 해야 했던 개인을 완전히 설명할 수는 없을 것이다. 그들은 이미 알 수 없는 세계로 떠나버렸다. 생애의 전환기에서 그들이 선택한 것은 삶이 아니라 죽음이었다.

하지만 유별나게 망자에 관대한 한국적 정서 때문이 아니더라도, 나는 부음의 주인공들이 결코 패배자나 겁쟁이가 아니었음을 알고 있다. 그들은 건강한 생활인이었고, 충실한 가장이었으며, 산업화와 민주화와 외환위기라는 시대의 격동을 헤쳐온 주역들이었다. 이 지점에서 돌이켜 물어본다. 어쩌면 그들은 무기력하거나 나태했다기보다 '너무' 열심히 살려고 했기 때문에 그토록 도저한 절망에 빠졌던 것은 아닐까?

서양 격언 중에 "사람은 자기의 부모보다 자신이 사는 시대를 더 닮는다"는 말이 있다. 그렇다면 알 수 없는 심연 속으로 그들의 등을 떠민 것은 깊은 절망이라기보다 섣부른 희망이었는지도 모른다. 발전과 성장의 조증(躁症)을 앓았던 한국 사회에 만연했던 희망에 대한 과다한 열망, 좀 더 잘 살고 싶었던 욕망.

어린 날에는 상상할 수 없었던, 상상하기 싫었던 바로 그 나이가 되었다. 그 나이엔 스스로 얼굴에 책임을 져야 하고, 무엇에도 흔들리지 않고 불혹해야 한댔다. 하지만 수상한 시대, 우울한 세태 속에 어른들도 때때로 길을 잃는다. 큰 재난이 닥쳐오면 각자 날아오른다는 속담을 따라 그저 각각이 잘 견디자고 말해야 할까? 피와 오줌보다 먼저 검사해야 할 것은 덧없이 부푼 욕망과 혼돈된 가치는 아닐까? 세상에 난 지 꼬박 마흔 해 되는 날, 생애전환기라는 한마디 말이 무겁고, 무섭다.

＊

　　정신없이 사노라면 한 해가 금방이다. 봄인가 하면 진땀나는 여름이고 건들바람에 가을인가 싶으면 어느덧 한겨울이다. 경황없는 그 사이에 우리 사회에선 1만 5천여 명이 스스로 세상을 등졌다. 넋 놓고 사노라면 하루가 후딱 간다. 어영부영 아침나절을 보내고 점심 먹고 돌아서면 이러구러 오후가 지나고 저녁거리 차려내고 나면 금세 밤중이다. 하지만 쏜살같은 그 사이에 우리 주변에선 42개의 목숨이 가뭇없이 사라졌다. 30분의 갈피짬은 참 짧은 시간이다. 맥없이 인터넷 서핑을 하고 맥락도 없는 수다를 떨고 멍하니 공상에 잠겨 있다가 퍼뜩 정신 차려보면 시간 반이 다 갔다. 하지만 찰나 같은 그 사이에 또 한 생명이 영원 속으로 영원히 사라져갔다.

　　자살 왕국에서 절망의 시간을 견디며 분노에 기대어 사는 일은 순간순간이 피비린내 나는 '생존' 투쟁이다. 지금 이 짧은 글을 쓰는 와중에도 또 한 목숨이 스스로 버려졌으리라. 살아남은 우리 모두가 사형 집행인이다. 아니, 사형수다.

그건
다름 아닌

슬픔이었다

세상에서 가장 재미있는 구경이 불구경과 싸움 구경이라는 말도 있지만, 가끔 작업실에서 벗어나 외출을 하면 사람 구경하는 재미가 쏠쏠하다. 소크라테스 선생은 "관찰하지 않는 삶은 살 가치가 없다"고 하셨지만, 그렇게까지는 아니더라도 타인의 삶을 이해하기 위해서는 우선 재단과 편견의 잣대를 내려놓고 가만히 살펴보는 것이 필수이리라.

얼마 전에는 볼일이 있어 여의도에 갔다가 지금껏 뉴스에서나 보았던 '우익 시위'라는 것을 처음 구경하게 되었다. 군복을 차려입은 재향군인들이 생뚱맞게도 '방송의 공정성'을 요구하며 방송국 앞에서 시위를 벌이는 모습을 보게 된 것이다. 수은주가 영상 30도까지 올라간 날이었다. 시위대가 몰고 온 트럭에서는 군가가 우렁우

링 울려 퍼지고 있었다. 너무 덥고, 시끄럽고, 생뚱맞았던 탓일까? 그들의 시위는 시위라기보다 한판의 기묘한 연극 같았다.

그런데 구경꾼이 되어 주변을 시적시적 맴돌던 나는 문득 배꼽 노리쯤에서 치밀어 오른 어떤 뜨거운 감정에 사로잡혔다.

분노?

분노하기에는 시위 대열이 지나치게 어설프고 어수선했다.

조소?

차가운 비웃음보다는 착잡한 마음이 더 컸다.

햇살 속에 멍하니 서서 내 감정의 정체를 알기 위해 한동안 고민하다가, 언젠가 이와 같은 감정을 느꼈던 순간이 떠올랐다. 그때도 푹푹 찌는 한더위 중이었다. 무슨 일로 종로에서 동대문까지 걸어가다가 비원 앞의 거리 가게에서 망설이는 기색으로 서 있는 노년의 커플을 보게 되었다. 할아버지가 노점상 아주머니에게 물었다.

"거…… 얼마요?"

"닭다리 하나에 소주 한 병 해서 4500원이에요. 드릴까요?"

할아버지와 할머니는 얼른 자리를 잡고 앉지 못하고 다시 한참을 머뭇거렸다. 다른 음식을 먹고 싶다거나 가게의 위생 상태가 꺼림칙하다거나 하여 망설이는 태도는 아니었다. 얼마나 알뜰히 재활용했는지 시커멓게 변색된 기름에 튀겨낸 닭다리와 소주 한 병 값인 4500원을 걱정할 만큼 주머니 사정이 옹색한 게 분명했다. 그때도 내 가슴속에선 뭉클하고 뜨거운 기운이 치밀었다. 슬픔. 그래,

그건 다름 아닌 슬픔이었다.

시위대는 군인 아저씨도 아닌 군인 할아버지들이었다. 단단히 군모를 눌러썼지만 삐져나온 구레나룻은 성성한 백발이었다. 땡볕 아래 한참을 서 있다가 끝내 못 참고 그늘로 찾아 들어온 할아버지들의 얼굴은 심히 염려가 될 정도로 달아오른 흙빛이었다. 정말 그들은 대전에서, 부산에서, 전주에서 단체 버스까지 대절해 '쳐들어올' 만큼 방송의 '편파보도'에 견딜 수 없었던 것일까? 저간에 알려진 대로 '일당'을 받고 하는 일이라면 슬프기 이를 데 없고, '일당'이 없다면 그 또한 서글프기 이를 데 없다.

나는 그들 세대를 존경까지는 못 하더라도 연민한다. 조작된 영웅이 그 공로를 독점하려는 시도에도 불구하고, 희생과 헌신으로 폐허에서 성장을 이끌어낸 신화의 주인공은 바로 그들인 것이다. 하지만 이제 그들은 지하철의 노약자석에서 졸고 있는 젊은 놈들에게 호통을 칠 때나 기세등등하다. 그들에겐 문화를 향유할 여유도, 가치관을 재정립할 기회도, 젊은 세대와 자유롭게 소통할 방법도 없다. 그리고 닭다리 하나에 소주 한 병을 마음껏 마실 성도의 돈조차 없다. 시위에 나오며 그들이 무겁고 덥고 위협적인 군복을 걸치는 이유는 하나뿐이다. 그 군복을 벗으면 그들은 사회에서 소외받고 외면당하는 초라한 노년에 불과하기 때문이다. 싯다르타는 아니지만, 나는 슬프다. 그래서 그들을 이용하여 모종의 이익을 얻으려는 이들이 더더욱 밉고 끔찍스럽다.

＊

일본의 은퇴자협회가 개발했다는 '노년유사체험(Age Simulation)'이라는 특이한 프로그램이 있다. 머리엔 귀마개와 백내장 안경을 쓰고, 온몸의 관절에 뻑뻑한 보호대와 모래주머니를 차고, 지팡이를 짚고 거리에 나선다. 아직 '젊은것'으로서는 상상만으로도 불편하고 무겁고 힘겹다. 그래서 프로그램 참가자 중 많은 이들은 '체험'이 끝난 후 갖가지 상념으로 눈물을 흘린다고 한다. '노인들은 가난, 고독, 불구 그리고 절망의 형(形)을 언도받았다'는 시몬 드 보부아르의 일갈이 절로 떠오른다. 하지만 다시 그녀의 말을 빌자면 인간에게는 육체조차 순수한 자연이 아니듯, 노년은 단지 생물학적인 현상이 아니라 문화적 현상이기도 하다.

육체의 노쇠가 문화적 후퇴, 수구, 반동으로까지 이어지는 데는 한국사의 트라우마와 기형적 경제 구조가 한몫을 한다. 그래서 백발이 성성한 '데모꾼'들은 우리의 비극적인 과거를 적나라하게 시위한다. 그리하여 그들이 원하든 원하지 않았든 큰 교훈을 준다. '노년유사체험'을 통해 배우는 것은 미래에 대한 이해와 함께 현재에 대한 뼈아픈 성찰이기 때문이다.

그렇고
그런

사이니까

아침 밥상머리에서 불퉁거리고 나간 아들에게, 자식 이기는 부모 없다는 조상님들의 말씀을 되새기며 알랑대는 화해 문자를 띄운 뒤, 인터넷 메신저를 켜놓은 상태에서 작업을 하던 중이었다.

"바빠?"

메신저에 유일한 '친구'로 등록된 동생에게서 문득 쪽지 한 통이 날아왔다.

"자는 거 아니야?"

전형적인 올빼미족으로 밤에 일하고 낮에 자는 동생의 습성을 알기에 이상타 생각하면서도 무심히 답장을 써 보냈다.

"혹시 지금 인터넷 뱅킹 가능해?"

어쩐지 맞춤법을 틀리는 꼬락서니부터가 심상찮다(나중에 알고
보니 이체, 돈, 인터넷 뱅킹 등의 단어를 입력하면 자동적으로 사기를 조심하
라는 메시지가 뜨기에 의도적으로 맞춤법이나 띄어쓰기를 틀린다고 한다).

"왜?"

"급하게 이 체할 데가 있는데 인터넷 뱅킹이 안돼서…… 200만
대신 넣어줘. 내일 바로 갚을게."

"훌륭한 거짓이 서투른 진정에 못 미친다"는 한비자의 말을 들
먹일 것도 없이, 이처럼 서투른 거짓으로 사기를 치려는 작자가 한
심하다 못해 안쓰럽다. 아무리 사기꾼이 다스리는 사기꾼들의 천국
이라도 '잃어버린 10년'하고도 한참 전에나 통했을 법한 구태의연한
사기술에는 욕지기가 난다. 창조적인 것까지는 바라지 않지만 조금
이라도 참신할 수는 없는가? 가뜩이나 진부한 말 바꾸기와 연막전
술에 질려 있던 참에 울컥 역증이 치밀어 사기꾼의 내공을 시험하
며 좀 더 희롱해볼까 했던 생각을 포기해버린다.

"너, 누구냐?"

그 한마디에 "내가 누구인지 말할 수 있는 자는 누구인가"를 알
지 못하는 리어왕, 아니 어리보기 사기꾼은 잽싸게 접속을 끊고 사
라졌다. 그 순간 내게 돈을 꾸어달라던 아이디의 진짜 주인인 동생
은 야간작업을 마친 뒤 건넌방에서 쌔근쌔근 잠들어 있었다.

그런데도 여전히 이 엉성한 '인터넷 메신저 피싱'이나 '보이스 피
싱'에 낚이는 피해자들이 꽤 있는 모양이다. 해킹한 아이디로 접속

해 아는 사람인 척하며 접근하여 미리 준비한 대포 통장에 송금을 받는 방식으로 수억 원을 가로챈 사기단이 검거되었다는 소식도 들리니 말이다. 동생의 아이디는 지난해 말에 해킹을 당했다고 했다. 부랴부랴 주소록을 뒤져 '잠재적 피해자'들에게 연락을 취하니 벌써 여럿이 나처럼 낚시꾼을 만났다고 했다. 다행히 그들은 동생의 상황이나 성격을 알고 있었기에 엉뚱한 미끼를 덥석 물지 않았지만, 곰곰이 생각할수록 그런 어설픈 낚시꾼들이 출몰하는 인터넷의 망망대해가 야릇하게 느껴진다.

세상 물정에 어두운 특정 연령층이나 계층이 아니라면, '친구'들은 어쩌자고 아이디와 대화명만으로 익명의 존재를 내가 아는 바로 그 사람이라고 믿고 계좌 이체의 버튼을 누르는 걸까? 전 국민이 다 가진 거나 진배없는 휴대폰으로 전화 한 통만 걸면 인터넷 '뱅킹'이 안 되거나 보안카드를 잃어버려 쩔쩔매는 친구와 곧장 대화를 할 수 있을 텐데 말이다.

말은 이렇게 하지만 나도 언젠가부터 직접 통화보다는 문자 메시지를 선호하고 있다. 내가 하고픈 말만, 듣고픈 말만, 그야말로 용건만 간단히 할 수 있는 초간편 메신저! 대화의 물결과 토론의 파도가 사라진 바다에 남은 건 이처럼 고립되어 둥둥 떠다니는 얼굴 없는 메시지와 그것을 낚으려는 수상한 낚시꾼들뿐이다. 문득 두어 해 전부터 갑자기 싫어하는 단어가 되어버린 '소통'이란 말이 부표처럼 떠오른다.

"사기꾼 덕분에 좋은 일도 있네! 이게 몇 년 만이냐? 우리 연락 좀 자주 하고 살자!"

주소록을 확인하며 소식이 끊겼던 친구들과 통화하는 동생의 등짝을 멀거니 바라본다. 그래도 다시, 이 망망대해를 건널 뗏목은 소통뿐인가?

＊

"여보세요! 김별아 씨입니까? 여기는 서울지방검찰청 금융특별 수사과입니다."

또, 식전부터 이런다.

"지금 사건을 수사 중인데, 혹시 김기봉 씨를 아십니까? 무슨 사이입니까?"

자다 깨어 비몽사몽 중에 허탈감과 싫증과 분노가 '쓰리 콤보'로 밀려든다. 그래도, 화내면 지는 거다.

"그렇고 그런 사이예요."

"네에…… 네?"

"김기봉 씨랑 나랑 그렇고 그런 사이라고! 아침 댓바람부터 허튼수작 부리는 이 작자야!"

전혀 예상치 못했던 반응에 낚시꾼이 화들짝 놀라 전화를 끊는다.

기왕이면 장기하의 노랫가락을 붙여서 말해줄걸. 기봉이랑 나랑은 말하자면 그렇고 그런 사이니까…….

세상은 넓고, 사기꾼은 하고많다.

내가 만든
산을

넘다

지난주 토요일, 아들아이가 다니는 학교의 등반대원들과 함께 백두대간 1구간 9정맥 고남산을 7시간 동안 산행했다. 내가 평소 등산으로 심신을 단련하는 건강하고 건전한 알피니스트였다면 이쯤에서 덧붙일 말이 없다. 하지만 나는 산사람들의 낙원이라는 네팔, 그중에서도 히말라야 트레킹의 여신으로 꼽히는 안나푸르나의 관문인 포카라에 일주일 동안 머무르면서도 산에 올라보겠노라는 작심 같은 건 단 한 번도 하지 않았다. 억지로 등산 모임에라도 참석할라 치면 남들이 정상에 올랐다가 돌아오는 동안 등산로 입구의 먹자골목에서 동동주에 도토리묵을 먹으며 앙버텼다. 그러던 내가 '집 떠나면 개고생'이란 걸 뻔히 알면서 어쩌자고 2년 여정의 백두대간 종주에 덜컥 참여했을까?

턱없이 요망하고 괴이쩍은 소리인 줄은 알지만, 치열한 삶과 그 삶 속에서 분투하는 사람들에 대한 예의가 아닌 줄도 알지만, 한때 나는 마흔이 넘은 내 모습을 상상할 수 없었다. 지리멸렬한 도덕과 제도에 붙매인 채 시들부들 늙어가는 것이 인생이라고 생각하면 끔찍했다. 그런데 격정과 자멸의 충동으로 들썩이던 청춘이 그야말로 눈 깜짝할 사이 지나버리고, 나는 어느덧 그토록 혐오하던 후줄근한 나이가 되었다. 새삼스레 봄이 좋아지고, 젊은 친구들을 보면 "참 좋은 때다!"는 말이 절로 나오고, 가끔은 '꼰대'처럼 이게 옳고 저게 그르다 오지랖에 훈수도 둔다. 나날이 평균 수명이 늘어나고 때로 나이와 상관없이 놀랍도록 활기찬 생을 누리는 어르신들도 뵙곤 하지만, 시시때때로 무겁고 둔하고 비겁해진 내 삶의 자리를 확인하노라면 어린 날의 경망스런 각오가 아예 생억지는 아니었다 싶다.

근래 한동안 대학가에서 "리얼리스트가 되어라, 그러나 불가능한 꿈을 꾸어라"라는 경구와 함께 "20대에 마르크스주의자가 아니면 바보고, 40대에도 마르크스주의자면 바보다"라는 말이 유행했다는 이야기를 들었다. 전자는 흔히 체 게바라의 말로 알려진 실제 68혁명 때의 구호이고, 후자는 칼 포퍼의 말이라고들 하나 원문을 알 수 없어 구글로도 검색하지 못한 구비 전승의 말씀이다. 나는 후자의 말을 20대에 동맹휴업을 촉구하러 강의실에 들어갔다가 어느 선생에게서 들었다. 그때 나는 대단한 마르크스주의자가 아니었지만 그 말을 듣는 순간 지독한 모욕감을 느꼈다. 어떻게 그것이 나약한 지식인의 냉소에 근거가 될 수 있단 말인가? 설령 40대까지 살아남는다 할지라도 나는 절대 그런 소리를 지껄이며 젊은이들을 야코죽이지는 않겠다고 결심했다. 그리고 40대가 된 지금 나는 마르크스주의자는커녕 무슨 주의자도 될 수 없는 깜냥이란 걸 스스로 알지만, 다행인지 불행인지, 그 말에 코웃음 한 방 정도는 날려줄 수 있다. 삶을 진지하게 생각하는 사람은 나이를 먹고 상황이 바뀐다고 자신의 뜻과 신념을 함부로 내팽개치지 않는다. 어지간히 청순한 뇌를 가진 요변쟁이, 혹은 거짓말을 거짓말로 덮는 사이코패스라야 "지금은 곤란하다. 기다려달라"는 식으로 뒤스럭뒤스럭 지랄버릇을 떠는 것이다.

다만, 너무 익숙해진 삶은 짐이 된다. 변화는 두렵고 몸은 무겁다. 이대로라면 어느 시구대로 나보다 나이 어린 사람들에게 무조건 미안해야 할 웃짐이 될 것이다. 산을 오르는 내내 "생각하는 대로 살아야 한다. 그렇지 않으면 결국 살아온 대로 생각하게 될 것이다"라는 폴 부르제의 말을 곱씹었다. 내가 만든 모든 것들이 가파르고 둔중하게 쌓인, 그 산을 넘기로 했다. 넘어야 한다. 비록 올랐다 내려와 한 며칠 이 지경으로 끙끙 앓는다 할지라도, 후회 따윈 없다.

실로 10대에 해야 할, 20대에 하고 넘어가야 할, 30대에 하지 않으면 안 될, 40대에 반드시 해야만 할 과제 같은 건 없다.

삶은 바로 여기, 지금 이 순간에 있다.

그래도
봄은 오고

꽃이 핀다면

절기는 청명과 한식까지 지났는데 일기는 언제쯤이나 봄일까 한다. 폭설과 잦은 비와 흐린 날씨로 햇과일 맛은 밍밍하기 그지없고, 춘곤을 이겨내기 위해 충분히 섭취해야 할 채소의 가격은 혼곤할 만큼 천정부지로 치솟았다. 애애한 봄기운에 들썽들썽 봄바람이 나도 시원찮을 판에 마음은 자꾸만 낮게 가라앉는다.

그도 그럴 것이 찌푸린 하늘만큼 나라 안이 온통 흉흉하다. 사고가 사고를 덮고, 죽음이 죽음을 덮는다. 차가운 바닷물 속에서 아직도 생눈을 부릅뜨고 있을 듯한 실종자들을 생각하면 무심히 웃다가도 일순 미소가 굳는다. 희생자가 영웅이 되고, 그 영웅이 현실을 장악한 허깨비들에게 이용당하는 모습을 보면 비탄마저도 싸늘하게 식는다. 여전히 춥다. 슬픔은 얼음가시처럼 날카롭다. 봄은 쉽사리 와주지 않을 것만 같다.

동양의 유교적 전통에 입각해보면 홍수와 가뭄, 황사와 냉해 같은 자연재해조차 왕이 부덕(不德)한 탓이었다. 대재앙이 닥치면 군주는 반찬 수를 줄이고 술을 삼가며 간곡한 제의를 바치거나, 왕위를 세자에게 물려주고 2선으로 물러났다 되돌아오는 행사를 벌이기도 했다. 천재지변마저 하늘로부터의 경고와 징벌을 의미한다고 생각하여 혹시 억울한 누명을 쓴 사람이 옥살이를 하고 있지나 않은지 조사해 방면하고, 음양의 화기가 상함을 걱정해 원한(?) 맺힌 노처녀와 노총각을 강제 혼인시키기까지 하였다.

이러한 왕조 시대의 책임관을 현대 민주주의 사회에 대입시킴은 무리거니와, "나도 한때는 ~해봐서 안다"는 기막히고 코 막히는 경험주의를 유행어로 만든 누군가가 부덕과 박덕을 반성하리라는 건 바지랑대로 하늘을 재고 산에서 물고기를 잡는 것과 마찬가지라는 사실도 안다. 사랑의 반대말이 미움이 아니라 무관심이라면, 바야흐로 완벽하게 사랑의 반대편에 터를 닦고 말뚝을 박을 지경이다. 솔직히 말하면, 이제는 별로 화도 나지 않는다.

지난해 이맘때(2009년 2월) 썼던 칼럼의 제목이 〈목표는 '생존'이다〉(p.207)였는데, 한 해가 꼬박 지나서도 그 제목은 절절히 유효하다. 이렇게라도 살아야 한다면, 줄초상의 난마에서도 누추한 삶이나마 견디고 버텨야 한다면, 또다시 역사에 길을 물을 수밖에 없다.

충격요법이자 반면교사로 5세기 중반 무렵 '어리석고 어둡고 미친 듯 포악한' 임금들이 연이어 나왔던 중국 남조의 유송(劉宋)시대를 펼쳐 읽노라니, 문득 지인에게서 문자 한 통이 날아왔다. 휴대폰 카메라로 찍은 사진에는 그의 화분에 피었다는 양란이 수줍게 미소를 짓고 있었다.

"과연 꽃 한 송이가 지치고 가난한 사람들에게 위로가 될까요?"

아버지의 능묘를 파헤치고, 쇠창을 들고 다니며 길가의 백성들을 마구 찔러 죽이고, 절에서 키우는 개를 훔쳐 잡아먹는 패악과 패륜을 저지른 왕들이 지배하던 80여 년의 세월을 어루더듬던 내가 의심스럽고 쓸쓸하게 물었다.

"꽃이 위로가 되는 세상이 좋은 세상이고, 꽃에 위로받을 줄 아는 사람이 많아져야 좋은 세상이 되지 않을까요?"

그의 고운 답장을 한동안 물끄러미 들여다보며 삶과 시간, 삶의 시간을 곰곰이 생각했다. 만약 소제(少帝: 406~424년. 중국 남북조시대 송나라의 제2대 황제. 주색잡기와 사치스러운 생활로 폐위됨)의 시절에 태어나 순제(順帝: 469~479년. 송나라의 마지막 황제로 골육상쟁과 대량학살을 벌이다 폐위되어 살해당함)의 시절에 죽은 사람이 있다면, 그의 삶은 온전히 지옥이자 환란이었을까? 그래도 그는 사랑하고 미워하고 웃고 울며 오늘보다는 조금이나마 나은 내일을 꿈꾸지 않았을까? 어쩌면 삶은, 인간의 역사는 그러하기에 마땅히 지속되는 것이

라기보다 그럼에도 불구하고 끈질기게 이어지는 것이다. 지난겨울
땅속에서 숨죽여 있던 알뿌리가 불현듯 꽃을 피우듯, 그 꽃에서 봄
을 깨닫고 다시 조심스레 가만히 설레듯.

*

조정에서 나오면 봄옷을 잡혀놓고
매일 강가에서 취하여 돌아오네
가는 곳마다 외상 술 빚 있지만
인생 칠십 살기는 예부터 드문 일
호랑나비 꽃 속 깊은 꿀을 빨고
물 위에 점 찍는 듯 잠자리 한 쌍
세상 모든 것은 변해가는 것
잠시나마 서로서로 어울려보세

두보(杜甫)의 〈곡강(曲江)〉 한 수를 읽으며 설운 맘 무거운 머리
를 가만히 기댄다. 평생 고단했던 시성(詩聖)이 그러했듯이, 활짝 핀
시 곁에서 꽃을 읊조린다. 그래도, 봄은 온다. 오고야 만다.

지렁이
부처님,

달팽이 예수님

        여름빛이 무르익어가면서 산책 시간을 앞당겼다. 그런데 열브스름한 여명 속에 걸음을 옮기노라니 발치에서 곰작거리는 것들이 눈에 띈다. 산책로 위에 실금을 그으며 나아가는 지렁이, 무거운 집을 짊어지고 더듬이를 옴짝거리는 달팽이 들이다. 헤아려보니 맑은 날에는 지렁이가 장사진을 이루고 비가 오거나 곧 쏟아질 듯한 날에는 달팽이가 떼로 몰려 나온다. 시선을 10미터 전방에 두고 달걀 쥐듯 살짝 쥔 손을 흔들며 뒤꿈치-발바닥-발가락 순으로 땅을 디뎌 파워 워킹을 하려다…… 그만 발걸음이 균형을 잃고 비치적거린다. 붉은 우레탄 산책로 위에 씹다 뱉은 껌처럼 들붙어 있는 지렁이와 달팽이의 무수한 사체를 차마 무시하고 지나기 어렵다. 무심코 한눈을 팔다가 실수로 밟기라도 할라 치면 운동화 밑바닥에서 느껴지는 뭉클하고 파삭한 느낌이 다른 물건을 밟았을 때와 사뭇 다르다. "아야, 아파요!", "에구구, 나 죽네!" 같은 비명소리가 들리는 건 아니지만 한 생명이 끊길 때에는 종(種)을 넘어선 고통의 기운이 날카롭고 선명하게 느껴진다. 나는 대단히 착한 사람도 아니고 신실한 생태주의자와는 거리가 멀지만 그들보다 덩치가 크고 빠르다는 이유만으로 순식간에 무참한 도륙을 행한 죄가, 아프다.

최소한 눈에 띄는 발밑의 것들만은 구제하기로 결심했다. 후딱후딱 보금자리 이동을 하지 못해 인간이라는 포악한 동물의 영역을 침범한(실제로는 인간이 그들의 삶터를 강점한 것일 테지만) 한없이 느리고 낮은 것들을 건너편 풀숲으로 옮겨주는 것이다. 성큼성큼 내딛던 발걸음을 잠시 멈추고 무릎을 굽히고 쪼그려 앉아 그것들을 주워 옮긴다. 조금은 착해지는 기분이 들고 거창하게는 죄업을 씻는다는 생각도 들지만, 솔직히 가끔은 귀찮기도 하고 이게 무슨 의미인가 싶기도 하다. 삭정이로 떠서 든 지렁이가 꿈틀거리며 몸을 뒤칠 때의 몸서리쳐지는 이물감, 엄지와 검지로 달팽이집을 조심스레 잡았다가 얇은 막이 팍삭 깨져버렸을 때의 허무함은 차라리 아무것도 모르는 채로 업보의 마일리지를 차곡차곡 쌓아가는 게 편하겠다는 자포자기의 심정을 쏘삭인다. 내가 지렁이와 달팽이 몇 마리 옮긴다고 생태계의 파괴를 막고 지구를 구할 것인가? 지렁이와 달팽이 때문에 귀가 시간이 늦어져 아이를 지각시켜도 좋은 것인가?

하지만 아무것도 막을 수 없고 구할 수 없고 언감생심 복 같은 것 받을 수 없다고 해도, 그 작고 약하고 낮은 것들을 향해 무릎을 꿇는 짧은 순간은 분주한 일상에서 가장 신성하고 염결(恬潔)한 때이다. 살아 있다는 이유만으로 서로를 가엾이 여기며 구제하고픈 마음은 설교와 염불이 필요 없는 절대적인 말씀의 정수이다. 나는 짓밟히는 지렁이에게서 부처님을, 정처 없는 달팽이에게서 예수님의 모습을 본다. 수도자들이 생명을 파괴하는 죄악을 멈추라며 거리에서 삭발을 하고 눈물 흘릴 때 달팽이 예수님이 비로소 살아나신다. 몸에 불을 붙여 절박한 소원을 바칠 때 지렁이 부처님이 그 값진 공양을 기꺼이 받으신다.

지금까지 입이 써서 멀쩡한 강들을 죽이느니 살리느니 하는 짓에 대해 일언반구하지 않았다. 그런데 얼마 전 아이의 학교에서 학부모와 함께하는 수련회를 다녀오다 들른 남한강 강천보 공사 현장을 목도하고 나니 정말 백문이 불여일견이라는 말이 진리로구나 싶다. 일단 가서 눈으로 보면 온몸이 반응한다. 그렇게 초록과 숨탄것들을 깔아 뭉개고 공구리를 치면서 좋아라 하는 족속은 분명히 정상이 아니다. 그리하여 사십 평생 종교와 별 상관없이 살아온 나도 간절히 내세와 지옥을 믿고 싶어졌다. 굴삭기가 하루 종일 골을 파고 덤프트럭이 밤마다 방 안에서 레이싱을 하며 흙먼지가 방향제처럼 코끝에서 맴돌고 카드뮴과 비소와 납으로 양념한 요리가 제공되는…… (어쩌면 그들에겐 천국 같은) 지옥이 꼭 마련되어 있었으면 좋겠다. 예수님과 부처님이 소원을 들어주시지 않는다면, 지렁이와 달팽이에게라도 빌고 싶다.

*

아무도 미워하지 않는 사람이 되는 게 나이를 먹어가며 품은 하나의 소망이다. 아무도 원망하지 않고, 아무도 곁눈질하지 않고, 아무에게도 구속되지 않는…… 오로지 나로 오롯한 평화의 상태. 그러기 위해 건망증을 벗 삼았다. 호되게 뒤통수를 친 배신자부터 돈을 떼먹고 달아난 빚쟁이까지, 용서하지 못할 바에야 잊기로 했다. 아픔을 잊고 슬픔도 잊고 기쁨마저도 잊고 살다보면, 때로 내가 지렁이인 듯 달팽이인 듯한 착각도 할 법했다.

그런데…… 공든 탑도 무너질 때가 있고 십년공부도 한순간에 도로 아미타불이라!

내가 누군가를 이렇게 온 맘과 몸을 다해 미워하게 될 줄 몰랐다. 미움을 넘어 혐오증에 치 떨게 될 줄 몰랐다. 아, 이런 죄는 어디다 고백해야 할까? 짓밟힌 지렁이 부처님과 등이 터진 달팽이 예수님께서 과연 이 독하고 질긴 죄를 용서해주실까?

무엇을 위해
살아야 할까?

"무엇을 위해 살아야 할까요?"

백두대간의 대표적인 악산(惡山)으로 꼽히는 봉우리를 오르는 동안, 특강이 끝난 뒤 하고픈 질문이 너무 많다며 연락처를 물어왔던 학생의 이메일 첫 문장이 내내 머릿속에 맴돌았다. 편견으로 재단하지 않고 섣부른 동정 없이 타인의 상처에 대해서 말하는 것은 어려운 일이다. 고작 스무 살에 폐허를 말하는 젊은이에게, 언젠가의 나를 닮은 그의 질문에 속 시원한 대답을 내놓을 수 없어 허영허영한 네발걸음이 무거웠다.

정상까지 오르는 데는 지도에 '절벽 100미터'라고 표기된 위험 구간이 있었다. 네 부분으로 나뉜 로프 구간 중 첫째부터 셋째까지는 그야말로 젖 먹던 힘을 다해 기어올랐다. 등산 교본에서는 암벽

등반을 '인간의 본능이라 할 오르기에서 즐거움을 찾고 대가를 바라지 않는 순수한 몸짓'이라고 설명하고 있는데, 어쨌거나 순수하긴 순수할 수밖에 없다. 손은 바위 턱을 잡고 감싸고 당기고 밀기에 순수하게 더듬거리고, 발은 바위 면의 울퉁불퉁하고 거칠고 오목한 곳을 찾아 디디기 위해 순수하게 버둥거린다. 로프를 놓는 순간 안도의 한숨과 함께 팔다리가 후들후들 떨렸다.

그런데 남아 있던 막고비에 비하면 앞의 셋도 별것 아니었다. 경사가 수직에 가까운 바위를 기어오르노라니 "도저히 못 하겠어요!"란 비명이 절로 터져 나왔다. 안전벨트에 자일을 걸고 잡아끄는 대로 올라가야 마땅하건만 홈 하나 없는 매끄러운 바위를 디디려니 발은 거푸 허방다리를 짚고 밧줄을 잡은 팔은 힘이 빠져 흐늘흐늘했다. 그때 내 머릿속에는 오로지 "죽지 않겠다! 살겠다!"는 생각뿐이었다. 위에서 뻗어 내민 손을 잡는 순간 죽음의 공포로 무겁게 늘어졌던 내 몸은 삶을 향해 솟구쳤다. 그랬다. 삶은 본능이었다. 치사하고 더럽고 구차하지만, 갸륵하고 애틋하고 미쁜 욕망 혹은 의지.

2010년 '행복 전도사'라는 이름으로 불리던 최윤희 씨가 배우자와 함께 스스로 목숨을 끊은 충격적인 일이 있었다. 매월 집으로 배달되는 작은 잡지에 실린 그녀의 마지막 글은 귀찮고 짜증스런 '개벼룩' 같은 시련까지도 역경을 이겨내는 힘이자 삶의 지혜가 되는 특별한 선물이리라는 내용이었다. 타인의 고통에 대해 말하는 것은 어려운 일이다. 사람들은 모두 자신만의 밧줄을 움켜잡고 산다. 누구에게는 돈과 명예가, 다른 누구에게는 그것으로 환산할 수 없는 가치가 놓칠 수 없는 밧줄일 것이다. 그럼에도 때로는 그 밧줄에 대롱대롱 매달려 헐떡거리며 묻는다.

"무엇을 위해 살아야 할까?"

그 자신이 아우슈비츠에 수용되었던 경험을 바탕으로 인간의 심리를 묘파한 저서 《죽음의 수용소에서》로 유명한 빅터 프랭클은 "삶의 의미는 무엇인가?"라는 의문은 인간이 누군가에게 혹은 무엇인가에게 던질 만한 것이 아니라고 주장한다. 그와 반대로 인간은 삶으로부터 무엇을 위해, 왜 사는지에 대해 질문을 받았기에 행동을 통해 대답해야 한다는 것이다. 묻기보다는 대답해야 한다. 그 발상의 전환 자체가 놀랍고 신선했다. 삶이 내게 왜 사느냐고 묻는다. 이건 그저 의뭉스레 씩 웃어서 해결될 문제가 아니다.

때로 해답은 엉뚱한 곳에서 발견된다. 다음 주가 중간고사 기간이지만 시험공부 대신 산행을 선택한 아이들 사이에서 공부하는 게 더 어려운지 산을 타는 게 더 어려운지에 대한 논쟁이 벌어졌다. 그때 미망을 깨우는 포효처럼 내 귓가에 들려온 중 1 녀석의 우문현답.

"그야 당연히 산을 타는 게 더 어렵죠! 공부는 하는 척할 수도 있지만 산은 타는 척할 수 없잖아요?"

할(喝)! 열세 살짜리의 말이 그토록 어렵고 무겁던 질문에 대해 내놓을 수 있는 최선의 대답이었다. 산은 타는 척할 수 없고 삶은 사는 척할 수 없다. 산을 대신 올라줄 수 없는 것처럼 무엇을 위해 사는지는 누구도 대신 대답할 수 없다. 그러니 그 생난리 끝에 절벽을 기어올라 닿은 곳에서 내가 무엇을 보았는지도 말하지 않겠다. 자신의 산은 오직 스스로 올라야 그 끝에 닿을지니.

✳

산악문학가 존 크라카우어는 《희박한 공기 속으로》에서 "등산은 위험 부담을 이상화시킨 활동"이라고 진술했다. "스포츠계에서 가장 유명한 인물들은 늘 위험의 경계선을 넘어 가장 멀리 갔다가 그 위기에서 무사히 빠져나온 사람들"이라고. 이 말의 이면에는 그 위기에서 무사히 빠져나오지 못한 무수한 사람들이 있다. 인간이 자연에 홀연히 내던져진 채 맞이하는 위기는 곧 절체절명의 위험이기 십상이므로. 하지만 명백한 사실에도 불구하고 사람들은 꾸역꾸역 위험을 향해 스스로 기어든다. 도대체, 왜?

얼마 전 온라인상에는, 미국의 90세 이상 노인들을 대상으로 "인생을 돌아보았을 때 가장 후회가 되는 것은 무엇인가?"는 질문에 "좀 더 모험을 해보았으면 좋았을 것"이라는 대답이 압도적 우위였다는 게시물이 화제가 되었다[인터넷 정보의 불확실성을 감안해 구글을 검색해보니 실제로 그런 설문은 찾을 수 없었다. 하지만 칼럼리스트 제니 니콜스가 쓴 〈후회 없는 인생을 위한 40가지 방법〉 중 "새로운 것을 시도하고 좀 더 위험을 감내하며 모험적으로 살라!(Be adventurous by trying new things and taking more risks)"는 대목이 있다].

어쨌거나 삶 자체가 모험이다. 위험을 두려워하지 않는 것이 더 잘 살아가는 방법이 될 수도 있다. 다만 아이러니한 한 가지는, 노인들의 뒤늦은 후회야말로 위험을 적절히 잘 피해 90세를 넘어서까지 살아남았기에 할 수 있는 것은 아닌가 하는 것이다.

뱀의 길은
뱀이 안다

다람쥐꼬리만큼 남은 가을이 아쉬워 약속 시간까지의 짬사이 산책길에 나섰다. 낙엽 쌓인 저수지 둘레길을 휘적휘적 걷노라니 문득 길섶에서 선뜩한 기운이 느껴진다.

"야, 저기 뱀이 가네! 유후!"

저만치 풀숲에 유혈목이 한 마리가 빠르게 지나가고 있다. 일명 꽃뱀이라는 별칭만큼이나 연둣빛과 주홍빛이 어우러진 늘씬한 몸통이 유혹적이다. 촘촘하게 연결된 가늘고 작은 뼈들을 구불구불 움직여 험한 길을 거침없이 기어간다. 그런데 그 멋진 몸짓을 넋 없이 바라보고 선 꼴을 보고 동행이 지청구를 한다.

"(사실은 '여자가'라고 말하고 싶은 듯하나 눈치를 한 번 보고) 사람이 어째 그래? 뱀을 보고도 징그럽고 무섭다고 놀라지 않고 '유후'라니!"

듣고 보니 내 반응이 일반적이지는 않은 것 같아 겸연쩍긴 하다. 하지만 뱀을 보고 사람이(혹은 여자가) 놀라야만 한다는 데는 동의할 수 없다. 뱀이 나를 향해 독 오른 어금니를 드러내며 달려든 것도 아닌데 내가 왜 그에게 적대감과 혐오감을 느껴야 한단 말인가? 그 순간 도종환 시인과 뱀 사이에 벌어졌다는 일화가 떠올랐다. 어느 여름날 시골집에서 요양하던 선생 앞에 뱀 한 마리가 나타났단다. 방 안까지 기어들어온 침입자를 보고 선생은 소스라치게 놀랐지만, 한편으로 생각하니 사람이라는 낯선 동물과 마주친 뱀은 또 얼마나 놀랐을까 싶더란다. 이 대목에서 나는 무릎을 치며 감탄했다. 자연을 대상화시키지 않는 우주적인 시선! 내가 무섭다면 뱀도 무서울 게다. 내가 징그러운 만큼 뱀도 나를 징그러워할지도 모른다.

기실 에덴동산에서 사탄의 일군으로, 치악산 전설에서 포악한 독물로 등장하는 뱀보다 더 무섭고 징그러운 게 사람이라는 족속이다. 가을 산행을 하다보면 산언저리에 둘러쳐진 그물망을 발견할 수 있다. 산에서 물고기를 잡을 작정도 아닐 텐데 도대체 무엇에 쓰는 물건인고? 알고 보니 동면을 위해 이동하는 뱀의 길을 차단해 포획하는 불법 설치물이란다. 애꿎은 손가락질을 당하는 것만으로도 모자라 탐욕스런 정력제의 재료로 쓰이다보니 뱀이 사라진 들판에 쥐들만 살판났다. 그런데 자연의 사슬은 섬세하고도 엄정한지라, 쥐똥의 바이러스가 사람의 호흡기를 통해 침투하면서 발열, 두통, 구토, 빈혈 등 위험한 증상들이 꼬리에 꼬리를 무는 유행성출혈열이 창궐하게 되었다. 아무튼 쥐새끼가 문제다. 그리고 그 쥐새끼를 설치게 한 것이 바로 사람이다. 이런데도 사람이 뱀보다 더 혐오스러운 존재가 아니라고 말할 수 있겠는가?

시인은 뱀과 마주친 일화를 통해 '내 입장이 아니라 상대방의 입장에서 생각하기'를 말한다. 그러려면 우선 사람이 세상의 주인이라는 오만을 떨쳐버려야 한다. 산꾼들이 새벽 산행을 할 때 발소리를 죽이는 것은 산의 주인인 뭇짐승들의 잠을 깨우지 않기 위해서이다. 또한 상대방의 입장에 서기 위해서는 욕심을 버리고 스스로를 낮춰야 한다.

지난 토요일(2010년 10월 30일) 청주에서 열린 《임꺽정》의 작가 '홍명희 문학제'는 정부의 지원이 없는 상태에서 순수한 민간의 힘으로 치러졌다. 사무에 데데한 문인들 사이에서 단연 탁월한 일꾼으로 꼽히는 도종환 선생과 단재 신채호 선생의 영정을 그린 이홍원 화가와 은근과 끈기의 충청도 사나이 김희식 시인과, 생색 쓸 것 없는 뒷자리에서 손을 보탠 많은 충북 예술인들의 자존심이 담겨 있는 행사였다. 하지만 그들이 꼭 남을 위해 일하는 것만은 아닐 테다. 그들의 자아는 좁고 얕은 이기의 범위를 벗어나 타인을 향했기에, 그들은 결국 넓고 커진 자신을 위해 기꺼이 나선 것이다.

뱀의 길은 뱀이 알듯이, 사람의 길은 사람이…… 제발 좀 알았으면 좋겠다. 실로 뱀은 지혜롭고 자존심이 강한 동물이다. 온도의 차이로 먹잇감을 찾아내는 살무사는 0.003도의 차이까지 감지한다. 자기 먹이가 아니면 함부로 침을 흘리지 않고, 같은 종족을 향해 독을 쓰며 덤벼들지도 않는다. 동물의 세계는 알면 알수록 신비롭고, 그만큼이나 사람인 것이 자꾸만 부끄러워진다.

*

양곡 창고 늙은 쥐 크기가 말(斗)만 한데
문 열고 사람 들어와도 달아나질 않네.
병사 군졸 양식 없고 백성 함께 굶주리건만
누가 감히 아침마다 네 놈 주둥이를 살찌우는고?

당나라 시인 조업(曹鄴)의 시 〈창고 안의 쥐(官倉鼠)〉 전문이다. 우환덩어리 쥐는 예나 지금이나 말썽이다. 뱀이 필요하다. 같은 종족은 의연히 보듬으며 먹잇감 앞에서는 독살스런 눈을 단호하게 빛내는, 뱀의 길을 분명히 아는 뱀이 필요하다.

달려라
앨리스

1월 1일(2011년)에 북한산 케이블카 건설 반대 1인 시위를 벌일 예정이니 함께 가지 않겠냐는 아들 친구 인걸이 아빠(이자 《바로 보는 우리 역사》의 저자 박준성 씨)의 제안은 주최 측 사정으로 무산되었다. 예수님 생일날에도 잔치는커녕 러시아의 크라스노야르스크, 몽골의 울란바토르, 그리고 통증 치료에 쓰인다는 극저온 냉동사우나의 예비냉동실에 맞먹는 체감 온도 영하 30도의 산중을 헤매며 겨울 산이 어떤 곳인가를 톡톡히 경험한 터라 산행이 취소되었다는 소식에 내심 안도의 한숨을 쉬었다.

1월 2일에는 떡만둣국 한 솥이 빌 때까지 다른 요리를 하지 않는 엄마 때문에 입이 닷 발 나온 아이를 데리고 동네에 새로 개업한 '장모님 빈대떡'을 찾았다가 휴무일이라는 표지 앞에 돌아서 왔다.

얼마 있으면 2주기가 되는 용산참사로 남편 이성수 씨를 잃은 권명숙 씨가 차렸다는 가게가 마침 집에서 걸어 10분이니 '이념적 소비'는 아니더라도 빈대떡에 막걸리 한 사발 정도의 마음은 부조하고 싶어서였다.

그런데 새해의 첫날과 둘째 날을 연이어 허탕치고 나니 문제는 새해 첫 칼럼으로 쓸 이야깃거리가 없다는 것이었다. 유토피아와 디스토피아의 경계를 어루더듬는 〈뉴욕타임스〉의 신년 사설만큼 멋들어지진 못하더라도 뭔가 삶을 견뎌야 할 이유와 희망을 말하고 싶은데, 고작 사나흘 밖에 지나지 않은 새해의 꼴이 가관이다.

종합편성채널 사업자로 선정된 언론들이 젯밥에 눈이 멀어 염불에는 입 닥치고 있는 사이, 소비자 물가는 살인적인 수준으로 치솟아 월급과 자식 성적 말고는 모든 것이 다 올랐다는 비명이 곳곳에서 터져 나온다. 아프거나 아픈 놈과 함께 있던 놈들을 모조리 산 채로 구덩이에 파묻어도 저주 같은 전염병은 나날이 번져가니, 그 가엾은 동물들을 위해 할 수 있는 일이라곤 다시는 축생계에 들어 인간이라는 모진 귀물을 만나지 말라고 기도하는 것뿐이다. 정치라는 것이 아예 실종되다시피 한 이 난국에도 위정자라는 자들의 자화자찬, 아전인수, 적반하장의 소리가 드높으니 그것은 필시 국민들에게 미치기 싫으면 웃기라도 하라는 뜻이렷다!

본래 나는 타종식에 참가하거나 해돋이를 보기 위해 새벽잠을 설치거나 카운트다운을 하며 새해를 맞는 유형이 아니다. 새해라고 이등변삼각형이나 마름모꼴의 해가 뜨는 것도 아니고, 언제까지나 영원히 계속되는 시간 속에서 해와 달이 바뀌고 날과 요일이 변하는 건 인간의 자의적 분절에 불과하다고 생각하기 때문이다. 시간이 흐르는 것이 아니라 우리가 흐른다. 무한한 시공간을 그저 잠시 잠깐 스쳐 지나간다. 그럼에도 추운 바닷가에서 발을 동동 구르며 떠오르는 해를 향해 두 손을 모으는 소박한 사람들을 보면 코끝이 시큰해진다. 어쩌겠는가, 그래도 찌그러져 바싹 오그려 붙은 희망이나마 그러잡고 새 목표를 세워 새롭게 출발해야 하지 않겠는가?

연초 계획이 모두 무산된 김에 아이를 끌고 도서관에 갔다. 나의 묵은해는 1616년 셰익스피어와 같은 날에 죽은 세르반테스의 《돈키호테》로 끝났고, 새해는 1771년 5월 4일 편지로 첫 장을 여는 《젊은 베르테르의 슬픔》으로 시작되었다. 여름에는 대하소설을 읽고 겨울에는 고전을 보며 더위와 추위를 견디는 것이 가난하고도 호화로운 작가의 피서, 피한법이다. 그렇게 서가를 어슬렁거리다가 문득 올해가 신묘년이라는 것이 생각나고 소심한 도시인들처럼 시계를 보며 헐레벌떡 달리는 흰 토끼가 떠올라서 《이상한 나라의 앨리스》를 펼쳤다. 그리고 수많은 상징과 비유로 가득 찬 그 책에서 가장 인상적이었던 앨리스와 체셔 고양이의 대화를 찾았다.

앨리스가 묻는다.

"여기서 어디로 가야 하는지 가르쳐주겠니?"

고양이가 답한다.

"그건 네가 어디로 가고 싶어 하는가에 달려 있지."

"난 어디로 가든 상관없는데……."

"그럼 어디로 가든 상관없잖아!"

나와 앨리스, 그리고 2011년은 어디로 갈 것인가? 지금 또다시 벅찬 한 해를 시작하는 우리는 과연 어디로 가고 싶은가?

*

어떤 드라마에서 잘생긴 배우가 신비롭게 묘사해 화제가 되기도 했던 '이상한 나라의 앨리스 증후군(Alice in Wonderland Syndrome)'은 1955년 영국의 정신과 의사 토드에 의해 명명되었다. 물체가 실제보다 작아 보이거나(micropsia), 커 보이거나(macropsia), 왜곡되어 보이거나(metamorphopsia), 마치 망원경을 거꾸로 한 것처럼 멀어 보이는(teleopsia) 등 형상이 왜곡되어 보이는 증상으로, 《이상한 나라의 앨리스》의 저자인 루이스 캐럴이 그러했듯 주로 편두통 환자들에게서 나타난다고 한다. 증후군이 나타나는 원인에 대한 가장 설득력 있는 가설은 측두엽의 이상으로 인해 시각 정보를 받아들이는 과정에서 기능적으로 문제가 생기는 것이라고 하는데…….

2011년과 그 즈음의 한국 사회는 어디서 머리를 세게 부딪혀 다

첬는지 꼼짝없는 측두엽 손상의 증상을 보였다. 기억장애, 실어증, 그리고 과거와 현재의 일이 동시에 존재하는 것과 같은 환각! 그래도 앨리스가 어디로 가야 하는지는 오로지 앨리스가 어디로 가고 싶어 하는가에 달려 있다니, 달려라, 앨리스! 쪼개질 듯 아픈 머리를 움켜잡고서라도!

즐거운
지옥에서

살아남기

      할아버지는 농사꾼이었다. 그래서 사랑 혹은 사랑의 실수를 감당하고자 떠난 증조부를 대신해 논밭을 일구어 집안을 일으켰다. 동족상잔의 시기에는 한 집안에서 이장과 인민위원장이 나와 비극적 활극을 벌이기도 했지만, 똥물을 걸러 장독을 삭인 할아버지는 누군가에게 이를 갈기보다는 황무지가 되어버린 밭을 갈았다. 아버지는 농사꾼이 되기 싫어 대처로 나왔지만 노는 땅을 두고 보지 못했다. 나는 아버지가 퇴근 후 짬짬이 돌본 밭에서 알이 굵은 감자를 캤다. 어린 날의 희미한 기억이지만 검은 흙에서 보얀 감자가 튀어나올 때마다 가슴을 흔들던 설렘과 환희는 고스란하다.

    봄볕에 데워진 땅이 따끈하다. 지난주에 동생이 퇴비를 두어 갈

아놓은 흙은 누그럽고 포실하다. 올해는 큰맘 먹고 아이의 학교 주말농장에서 텃밭 한 귀퉁이를 분양받았다. 노동이라기엔 객쩍은 소꿉질 같은 구메농사지만 조금만 바지런히 품을 들이면 밥상이 싱싱한 남새로 푸질 것이다. 갈퀴질로 부드럽게 흙을 긁고 손가락으로 홈을 내어 상추와 쑥갓과 부추와 대파 씨앗을 뿌렸다. 먹기야 수십 년을 했지만 기르기는 처음인지라 인터넷에서 검색해온 파종법에 따라 더듬거리는 손이 아둔하고 민망하다. 어쨌거나 부디 정성을 갸륵히 여겨 싹을 틔워주길 빌며 흙을 다독이노라니 문득 "오이를 심으면 오이를 얻고 콩을 심으면 콩을 얻을지니, 하늘의 그물은 넓고 넓어서 성기되 새지 않는 법"이라는 《명심보감》의 일절이 떠올라 마음이 뭉클해진다. 아무래도 나는 이 같은 간명한 위로에 목말랐던 모양이다.

오늘도 어김없이 '투 다이내믹 코리아(Too Dynamic Korea)'는 악머구리 끓듯 어지럽다. 자고 나면 새로운 사건 사고가 기다리고 잠시만 딴전을 팔면 가차 없이 화제에서 밀려난다. 가수나 코미디언에게는 어떨지 모르겠지만 작가에게야 이 즐거운 지옥이 (미치지만 않는다면) 꽤 괜찮은 창작의 산실이라고 엉너리를 부렸건만, 가끔은 욕지기가 나도록 고단하다. 짐짓 무심한 듯 동시대를 살아가는 모두의 정신 건강이 걱정스럽다.

그렇다면 여기가 아닌 그곳, 얀테라면 어떨까? 씨눈이 아래를 향하게 심어야 알이 많이 달린다는 감자를 조심조심 경사면에 묻으며 덴마크의 작은 마을 얀테를 생각한다. 일명 '얀테의 법칙(Jante Law)'으로 알려진 그곳의 삶의 원칙은 다음과 같다.

당신이 특별하다고 생각하지 말라, 당신이 남들과 같은 위치에 있다고 생각하지 말라, 당신이 남들보다 똑똑하다고 생각하지 말라, 당신이 남들보다 더 나은 위치에 있다고 생각하지 말라, 당신이 남들보다 더 많이 안다고 생각하지 말라, 당신이 남들보다 중요하다고 생각하지 말라, 당신이 모든 것에 능하다고 생각하지 말라, 남들을 비웃지 말라, 아무도 당신을 신경 쓰지 않는다, 다른 사람을 가르치려 하지 말라⋯⋯!

누군가는 과거 스칸디나비아에서 구전되어 내려오는 일종의 관습법으로 북유럽 사람들의 사고방식을 잘 보여주는 그것이 개인의 가치를 지나치게 폄하한다고 말하지만, 내가 느끼기는 오히려 그 반대다. 그들은 욕망의 공중누각에 오르기 위해 경쟁하기보다는 낮은 자리에서 평등하게 존중하며 서로가 서로를 드높인다. 이른바 복지국가의 모델인 북유럽 사회민주주의에는 이처럼 완전한 개인에 대한 꿈이 깔려 있다. 하지만 그것이 이기주의나 방임주의와 구분되는 지점은 분명히 있다. 마지막 11번째 얀테의 법칙은 '당신에 대해서 우리가 모른다고 생각지 말라!'이다. 하늘의 그물만이 아니라 인간의 그물도 개인의 사적 자유에는 충분히 성기되 공적 의무에만은 철저히 새지 않을 수 있다는 것이다.

할아버지는 내가 태어나기 전에 돌아가셨고 아버지는 농사를 가르쳐주지 않았지만, 나는 내게 허락된 손바닥만 한 자투리땅에서 흙손이 된 채 위로받는다. 누군가보다 특별하거나 똑똑하거나 중요하지 않아도 상관없다. 혹독한 동시에 공정한 자연은 콩 심은 자에게 콩을 주고 내게는 상추와 쑥갓과 부추와 대파를 줄 것이다. 벌써부터 배 속이 그득히 푸르러진다.

✳

참으로 완성되어 있는 것은

어딘가 잘못된 것처럼 보이나

아무리 써도 못 쓰게 되는 일이 없으며,

참으로 가득 차 있는 것은

언뜻 비어 있는 듯 보이나

쓰고 또 써도 부족함이 없다.

참으로 곧은 것은 도리어 굽은 것처럼 보이고,

참으로 잘하는 것은 어딘가 서툴러 보이며,

참으로 잘하는 말은 어눌한 것처럼 들린다.

분주하게 움직이면 추위를 이길 수 있고,

고요히 있으면 더위가 물러가게 된다.

그러므로 맑고 고요하면 천하의 기준이 된다.

난세에 《노자》를 읽는다. 지난해 텃밭 농사는 시원치 않았다. 그래도 올해 다시 메마른 땅을 일궈야 하나? 맑고 고요한 것은 오직 변함없는 자연뿐이니.

99퍼센트를
위하여

2011년 10월 22일, 나는 군사작전지역인 향로봉을 제외한 남측 백두대간의 마지막 구간인 진부령을 넘고 있었다. 20개월 동안 진행했던 도상거리 690킬로미터의 능선에 진입로와 탈출로를 합쳐 약 768킬로미터에 이르는 백두대간 종주가 끝나는 날이었다. 지리산에서 시작한 발걸음이 백두산까지 미치지는 못했으나 오로지 '온몸으로 온몸을 밀어' 한반도 산줄기의 거지반을 지르밟았다. 지리산과 남덕유산과 속리산과 소백산과 태백산과 설악산 등 명산을 두루 넘으며 비바람과 눈과 불볕에 고루 시달리고, 꽃과 새와 독초와 땅벌을 만나며 숱한 오르막과 내리막과 암벽과 너덜을 거쳤다. 내 생애 가장 치열했던 두 해가 그렇게 지났다.

애초에 능란한 산꾼이라기보다 형편없는 '평지형 인간'임을 고

백하고 나선 길이었지만 끝판에 이르러 돌이켜보니 생각보다 훨씬 더 무모한 짓이었다. 일상은 오롯이 산행 일정에 맞춰져 부자유스럽고, 평소에 쓰지 않던 근육들은 갑작스런 충격에 비명을 질러댔다. 단단히 미치지 않고서야 할 수 없는 일, 공연한 객기로 만용을 부렸다고 후회하며 자책하기도 했다. 하지만 결국엔 그 또한 지나갔다. 도저히 넘지 못할 듯했던 봉우리를 오르고 도무지 감당하지 못할 듯하던 시간을 견뎌, 결국 나는 마지막 산을 넘었다.

끔찍하게 싫어했던 일이기에 꼭 하고 싶다는 모순된 동기를 앞세워 시작한 일이었지만, 실로 내가 산에서 배우고 얻은 것은 필설로 다하기 어렵다. 나는 종종 의식적으로, 때로 무의식적으로 산과 삶을 헷갈렸다. 산행에 앞서 불안과 두려움에 떨 때면 삶 앞에서 헐벗은 나를 생각했고, 힘겹게 산을 넘어 멧기슭의 주막에서 막걸리 한 잔을 들이킬 때면 다만 살아 있다는 사실에 행복했다. 그중에서도 가장 크게 배운 것은 왜 오르느냐는 시비곡절에 상관없이 언제나 그곳에서 의연한 산처럼, 삶은 권리이자 의무인 동시에 그 자체가 목적이라는 사실이었다.

산 아래 사람의 마을에는 어둡고 차가운 시절이 다가오고 있다. 밀봉된 상자가 열리면 검은 새 떼가 하늘을 뒤덮고, 털어서 먼지 정도가 아닌 방사능 분진이 매캐하게 피어오르고, 세상에는 이미 알고 있었다거나 이럴 줄 몰랐다는 악다구니가 넘칠 것이다. 그 와중에 마음과 몸이 헐벗은 사람들은 더욱 가난해지고 외로워져 보이지 않는 곳에서 슬픔으로 스스로를 죽이거나, 번쩍이는 분노로 일면식도 없는 이들을 난도질할 것이다. IMF 사태 이후 신자유주의의 롤러코스터를 올라탄 데 덧엎쳐 공감 능력 제로의 소시오패스(sociopath)들이 칼자루를 휘두르는 한국 사회에서, 내림받은 영매가 아니더라도 그 정도의 묵시록적 세계는 얼마든지 예언해봄 직하다.

믿을 것도 도망칠 곳도 더 이상 없다. 월가(Wall Street) 점령 시위에서 파생된 인터넷 사이트 '우리는 99퍼센트다!(http://wearethe99percent.tumblr.com)'에 사람들이 자신이 99퍼센트인 이유를 직접 써 올린 인증샷을 보면 그 참담함이 가히 국제적으로 느껴진다. 저임금, 워킹푸어, 고용불안 등……. 하지만 비록 너절하고 비루할지라도 어떻게든 끝끝내 넘어야 할 삶이기에, 떠밀리다 탈진하고 넘어져 낙오하지 않기 위해선 어떻게든 나만의 근기와 속도를 지켜야 한다. 아무도 대신할 수 없는 산행이지만 어디선가 함께 걷는 이들을 기억하며, 디스토피아의 협곡에서도 희망이라는 아득한 봉우리를 끈질기게 바라보아야 한다. 숨차다. 힘겹다. 하지만 산을 넘게 하는 건 고통 속에서도 멈추지 않는 한 걸음 한 걸음뿐이다. 숨을 고르고 이를 악문다. 넘어온 숱한 산을 뒤로한 채 나를 기다리는 또 다른 삶을 향해, 다시 신발 끈을 단단히 조일 때다.

＊

　편두통과 눈병 등의 지병으로 오랫동안 고통받았으며 죽기 전
에는 뇌손상으로 인한 정신착란까지 앓았다고 알려진 니체는 모르
긴 몰라도 등산을 제대로 해본 적은 없었을 테다. 그럼에도 철학자
의 빛나는 통찰력은 범속한 사람이 만신창이가 되도록 산줄기를
헤맨 끝에 겨우 얻은 그 하나를 정확히 꿰뚫는다.

　"이 높디높은 산들은 어디서 온 것일까? 나는 그들이 바다에서
솟아올랐다는 것을 알게 되었다. 더없이 깊은 심연에서 더없이 높
은 것이 그 높이까지 올라왔음에 틀림없다."

　나는 차라투스트라의 말에 위로받는다. 아픈 만큼 성숙하고,
깊은 만큼 높아지고, 고통만큼 언젠가 행복해지길. 지금 심연에 갇
혀 허우적대는 우리, 99퍼센트에게 그보다 더 큰 격려는 없다.

꽃보다
설탕

"뭐 드실래요?"

누군가를 만나 식사를 할 때면 의례히 듣는 말에 나는 이렇게 대답하곤 했다.

"좋으실 대로 하세요. 전 아무거나…… 잘 안 먹어요."

다잡지 않으면 한없이 피둥피둥 살찔 듯하여, 언젠가부터 욕망의 다이어트를 해왔다. 타의에 의한 가난은 궁핍이지만 자의에 의한 가난은 청빈이라기에, 배가 비면 몸이 가볍고 마음은 흔쾌했다.

그러던 것이 아이를 낳은 후론 상황이 달라졌다. 나는 굶어도 자식은 주리게 둘 수 없는 게 어미의 심정이다. 더구나 성장기에 접어든 아이는 가히 놀라운 식욕을 자랑한다. 밥 한 공기를 비우고 돌아서자마자 과일과 아이스크림, 우유에 빵까지 우걱우걱 먹어치운다. 뻔할 뻔 자인 전업 작가의 살림에 엥겔지수가 가파른 기울기로 상승한다. 그래도 자기 논에 물 들어가는 것과 자식 입에 밥 들어가는 것만큼 보기 흐뭇한 게 없다던가. 휴일엔 온종일 주방에서 벗어나지 못해도 즐겁다. 냉장고를 꽉꽉 채워놓고서야 비로소 안심이 된다. 설마 먹는 걸로 파산이야 하겠나? 배 속에 거지가 들어앉았는지 연신 '배고파'를 입에 달고 사는 아이를 격려한다.

그런데 요즘은 사정이 좀 달라졌다. 장보기가 두려운 지경에 이른 것이다. 미국 쓰레기 쇠고기 수입 파문 이후 '생협'에 가입하면서 대형 마트에는 거의 가지 않았는데, 얼마 전 우연히 들렀다가 정말 기절할 뻔했다. 500밀리리터 우유가 1300원대, 청량고추 한 근에 8천 원이다. 몇 달 전에는 오이 3개가 천 원 정도였는데 이젠 2개에 2천 원이다. 된장찌개를 하려고 두부 한 모에 감자 두서너 개만 사도 5천 원, 카트에 쌓지도 못하고 바닥에 깔리게 샀는데도 계산을 하니 10만 원이 훌쩍 넘는다. 놀라 우둔거리는 가슴을 안고 약국에 가니 비타민제며 아이의 콘택트렌즈 소독약까지 약값도 다 올랐다. 빵 값은 그나마 그대로인데 크기가 터무니없이 작아졌다. 세 개를 합쳐야 전에 두 개 크기 정도 밖에 되지 않겠다. 아, 정말 상처받았다. 반주라도 한잔하며 울적한 마음을 달랠 심산에 소주 한 병을 집어 들었는데, 이것도 어김없이 올랐다. 도대체 오르지 않은 게 무언가? 정말로 직장인들의 월급, 내게는 원고료밖에 없는가?

물론 그 와중에도 호황인 곳이 없지는 않다. 명품 매장 앞에는 몇 백만 원짜리 가방을 사기 위한 줄이 늘어서 있고, 고급 식당에는 자리가 없고, 영어유치원에는 고급 브랜드의 꼬까옷을 차려입은 아기들이 넘친다. 그 풍경만 보면 그래도 불황은 아니라느니, 고환율이 경제에 도움이 된다느니 하는 헛소리가 여전히 통할 법하다. 하긴 식민지 시대에 수백만이 고향을 버리고 만주로 연해주로 떠나는 동안에도 진고개와 남촌은 연일 불야성에 활황이었으니까. 나쁜 시대에는 누군가의 불운이 누군가의 행운이 되는 일이 더욱 흔하다.

하지만 숨기고 우기고 눌러서 해결되는 것이 있고 안 되는 것이 있다. 역사서에 등장하는 '민심의 이반'을 우려하며 경고하는 대목은 정치적인 것이 아니다. 그것은 대개 경제적인 것이며, 좀 더 세밀히 말해 '일상적'인 것이다. 프랑스혁명도 파리의 주부 6천 명이 빵을 요구하며 베르사유로 행진하면서부터 시작되었다. 자식 굶는 꼴은 볼 수가 없다. 그건 내 피와 내 살과 내 뼈를 저미는 일이나 다름없다. 나는 그녀들의 분노가 충분히 이해된다.

아파트 화단에 매화가 피었다. 세상이 난마라도 봄은 온다. 그런데…… 설탕 값까지 오르면 어쩌라는 거야? 6월에는 매실을 담가야 하는데! 하릴없이 핀 꽃을 보며 한숨짓는다. 미안하다. 내 근심은, 꽃보다 설탕이다.

＊

몸과 맘이 허기진 날에는 칼칼한 두부호박찌개가 안성맞춤이다. 아주 간단한 내 맘대로 조리법—반달썰기 한 호박과 감자, 숭덩숭덩 자른 두부에 고춧가루와 마늘과 들기름을 한 술 듬뿍, 새우젓 반 큰술로 양념하고 물 두 컵을 넣어 푹푹 끓이면 뚝딱 완성된다.

그런데 시장바구니에 담은 재료의 가격이라는 것이…… 애호박 1개 2500원, 감자 두 알 1850원, 찌개용 두부 180그램짜리 작은 게 수입 콩으로 만든 건 1050원에 국산 콩은 1900원이다. 한 끼 먹을 소박한 찌개를 끓이는 데 5400원에서 6250원이 든다. 어쩌다 맘 먹고 나가는 외식마저 포기하게 한 칼국수 5천 원, 냉면 7천 원이 비싼 게 아니구나!

흠난 호박, 시든 감자, 유통기한이 간당간당한 두부를 집어 드는 동안 식욕이 반쯤 줄어든다. 입에서 당기는 건 사치스러우니 포기하고 동네 마트에서 포인트 카드 회원들에게 매일 보내주는 '오늘의 특가' 상품에 맞춰 식단을 정해야 할 모양이다. 가벼워진 장바구니에 반비례해 마음은 무거워진다. 다들 어떻게 먹고 살고 있을까?

에피메테우스의 변명

독수리에게 생간을 파 먹히는 지벌을 감수하면서까지 인간에게 불을 선사한 형 프로메테우스에 비교되는 동생 에피메테우스는 어리석음의 대명사다. 애초에 프로메테우스가 사고를 친 것도 에피메테우스가 인간을 무능력하게 만들어버린 탓이요, 판도라가 백악(百惡)을 가둬둔 상자를 연 것도 아름답지만 경망한 그녀에게 홀딱 반한 에피메테우스의 부주의 때문이다. 먼저 생각하는 형에 비해 뒤늦게 깨닫는 에피메테우스는 시쳇말로 '민폐 캐릭터'지만, 나는 좀 굼뜨고 모자란 그가 좋다. 아니, 그를 정말 좋아한다기보다 멀미가 나도록 빠르게 변하는 세상에 좀처럼 발맞출 수 없는 자신을 신화 속의 어리보기에게 투사하고 있는지도 모른다.

이즈음 외출을 하면 전에 없던 풍경이 눈에 띤다. 버스와 지하철에서 맞닥뜨리는 사람들 중 다수가 자기 손바닥을 뚫어져라 들여다보고 있다. 심지어 거리를 걸으면서도 시선은 손바닥에 꽂혀 있다. 그들의 손바닥에는 '휴대폰에 인터넷 통신과 정보 검색 등 컴퓨터 지원 기능을 추가한 지능형 단말기', 스마트폰이 놓여 있다. 다양한 어플리케이션을 설치해 맞춤형 인터페이스를 구축하고 손바닥 위에서 자신이 필요로 하는 정보를 자유자재로 주고받는다는데……. 내가 쓰는 폴더형 휴대폰이 스마트폰에 대비해 피처폰이라 불린다는 사실도 얼마 전에야 안 나로서는 도깨비에 홀린 듯 어리떨떨할 뿐이다.

초딩들도 스마트폰이 없으면 왕따를 당할 지경이란다. 스마트폰이 아니면 어디 가서 휴대폰을 꺼내기조차 민망하단다. 시대에 뒤떨어지다 못해 시대를 거스르는 골생원으로 취급받지 않으려면 얼른 스마트폰으로 개비해 '카톡'도 하고 'SNS(소셜네트워크서비스)'에도 가입해야 한단다. 얼마 전에는 블로그 운영 같은 건 해본 적이 없고 트위터도 페이스북도 하지 않는다고 밝혔다가 "그럼 대체 뭘 하시는데요?"라는 소리까지 들었다. 뭘 하다니…… 나름대로 분초를 아껴 열심히 산다고 자부하던 터에 SNS를 이용하지 않는다는 이유만으로 아무것도 하지 않는 사람 취급을 받으니 불쾌하기보다 숫제 허탈했다.

때 아닌 복고주의를 주장할 생각은 없다. 어쨌든 필요가 있어 생겨나고, 새로운 만큼 편리할 테다. 하지만 에피메테우스 빰칠 병아리 오줌이라 우세질당한대도 내 눈엔 얻은 것보다 잃은 게 더 커 보이니 어쩌겠는가? 커피숍에 모여 앉은 젊은이 서넛이 잡담조차 않고 각자의 스마트폰에 코를 박은 채 열중하고 있다. 오랜만에 만나 반가운 대화를 나눌라치면 상대의 스마트폰이 거푸 '또롱 또롱' 운다. 그토록 넓디넓은 세계와 소통하느라 눈앞의 사람들을 소외시키는 것이다. 진지한 토론 중에 사실의 정확성을 확인한답시고 스마트폰을 뒤지니 입을 열기가 두렵고, 포털사이트 메인 화면에 유명인사가 오늘 점심때 뭘 먹었다고 띄운 '트위터' 글은, 미안하지만 민망하고 안 궁금하다.

　방대한 정보 속에 성찰이 없고, 무수히 오가는 채팅 속에 대화가 없다. 끊임없는 일상 업데이트로 적나라하게 스스로를 노출하지만 정작 누구와도 눈 맞춤 하지 않는다. 그토록 얽히고설킨 소셜네트워크 어디쯤에 진짜 나를 아는 사람이 있는가? 그렇게까지 똑똑해질 생각이 없는 내가 똑똑한 폰을 마련해 소셜네트워크 머시기에 몰두하는 날이 온다면, 그건 아마도 너무나 외롭다는 증거에 다름 아닐 테다. 아서라! 이 모두가 에피메테우스의 씁쓸한 변명이다.

＊

　2012년 3월을 기준으로 스마트폰 사용자가 1천만 명을 넘어섰다고 한다. 국민 5명 중 1명이 스마트폰을 갖고 있는, 말마따나 '스마트 시대'다. 비즈니스와 교육 분야에서의 활용, 유비쿼터스(장소에 상관없이 자유롭게 네트워크에 접속할 수 있는 정보통신 환경) 실현, 커뮤니케이션 채널의 다양성, SNS 기능을 통한 지식과 정보 수집의 편리 등등……. "당신의 스마트폰은 당신만큼 똑똑하다"는 말처럼 활용하기에 따라 순기능이야 무궁무진이다.

　하지만 당신의 스마트폰이 당신의 진짜 필요보다 더 똑똑할 필요가 있을까? 헛된 욕망과 과다한 필요는 시간과 돈만이 아니라 삶을 낭비한다. 단말기 약정이 한참 남은 피처폰조차 간단한 통화의 용도 외에는 얌전히 모셔두고 사는 나 같은 사람에겐 스마트폰이야말로 개 발에 주석 편자다. 그 속에 아무리 엄청나고 대단한 정보가 있으면 무엇 하나? 실로 인터넷을 떠도는 이른바 '정보'들 중의 상당 부분은 얄팍할 뿐만 아니라 부정확하다. 휴대폰은커녕 전화도 없이 살았던 옛날보다 더 똑똑해 뵈지 않는 사람들을 보면《논어》위정편의 "배우기만 하고 생각하지 않으면 망연해진다(學而不思則罔)"는 대목이 떠오른다. 스투피드(stupid)의 손에 스마트폰을 쥐어주면 스투피드가 스마트해질까, 스마트폰이 스투피드해질까? 고것이 문제로다.

말하는 남생이,
말하는 매실

        어쩌다 팔자에 없는 강연과 방송 출연을 더러 하게 되면서 일찍이 신경 쓰고 살지 않던 결함이 콤플렉스가 되어버렸다. 글이 아닌 말로 사람들을 만나노라니 부정확한 발음이 원활한 소통을 방해하는 요소로 등장한 것이다. 아무러해도 혀짜래기 소리가 귀엽지 않은 나이에 조금은 진중히 보이고 싶어 혀 운동을 자유롭게 해준다는 설소대 수술이라도 해볼까 고민했다. 그때 인터넷으로 비용과 부작용 등을 검색하며 엉두덜거리던 내게 동생이 던진 촌철살인의 한마디.

    "말을 잘하고 싶다고? 이젠 말을 줄여야 할 때가 아닌가?"

    어뿔싸! 나이를 먹을수록 입은 닫고 지갑은 열라는 인생 선배들의 조언을 누누이 들었음에도, 하마터면 도취가 부른 착각으로 구업을 보탤 뻔했다. 생리적인 노화와 별개로 마음이 늙으면 말도 늙는다. 새로운 생각이 줄어들면 중언부언했던 말을 하고 또 하고, 공감과 배려가 퇴화하면 결국 자기 자랑으로 끝나는 말들을 끊임없이 늘어놓는다. 어떤 말을 하는가보다 어떻게 말할 것인가를 고민하는 자체가 아무 실속 없는 '말하는 매실'과 믿지 못할 '말하는 남생이'가 될 만한 징조다. 우연히 맞은 죽비에 정신이 번쩍 들었다.

바야흐로 막말과 궤변과 요설의 시대다. 입만 열면 꿈에 먹은 떡 같은 소리를 지껄이는 허언증 환자에겐 질릴 대로 질렸다. 그 꼴 같지 않은 꼴을 보노라면 나도 모르게 창조적인 상욕이 튀어나오기도 한다. 하지만 괴물과 싸운다며 똑같은 괴물이 될 수는 없다. 함부로 속되게 말하고 쓸데없이 말해 설화에 휩싸인 사람들을 보노라면 《논어》의 일절이 떠오른다. 공자는 "함께 말할 만한 사람과 더불어 말하지 않으면 사람을 잃고, 함께 말할 만하지 않은 사람과 더불어 말하면 말을 잃는다"고 하셨다. 사람을 잃고 말까지 잃는 어리석음 속에 뒤엉켜 버글거리기가 괴롭고 부끄럽다.

이런 때에 마침 아나운서 유정아 씨가 말의 벽(壁)과 문(門)에 대해 다룬 산문집 《당신의 말이 당신을 말한다》를 보내왔다. 책을 읽노라니 글을 '잘' 쓰는 비법이 없듯 말을 '잘'하는 법도 따로 없다는 생각이 들었다. 무엇을 말할까 궁리하기보다는 무엇을 말하지 않을지를 먼저 고민하면, 절로 입이 무거워진다. 말이란 '영혼의 문을 두드리는 일'임을 깨달으면, 유창한 달변보다는 가만한 경청이 소통의 첫걸음임을 깨닫게 된다. 그렇다고 영영 반벙어리로 살 수는 없을 터, 어떻게 하면 사람을 잃지 않고 말 역시 잃지 않는 지혜를 배울 수 있을까?

유정아 씨에게 소개를 받아 비염에 걸린 아이를 데리고 침술원을 찾았다. 근육이 뭉친 손님을 진찰하며 "뭉쳐야 사니까 여기라도 뭉치는 거죠"라고 말하고, 진료가 끝나면 "다음에 꼭 봐요"라고 인사를 건네는 '침술사 아저씨'는, 절대맹(絕對盲)의 시각장애인이다. 따끔한 침과 함께 따뜻한 말로 사람을 치료하는 그에게 나는 진료실 밖의 봄꽃을 '어떻게 들려드릴 수 있으려나' 고민했다. 눈부신, 폭죽처럼 터지는, 불을 켠 듯 환한…… 따위의 말을 곱씹다가 마침내 '박하사탕처럼 화한'이라는 표현을 찾아냈을 때, 나는 비로소 말을 '잘'한다는 게 무언지 조금은 알 것 같았다. 내 입에서 나온 말일지라도 듣는 이가 주인일지니, 말은 타인을 이해하고 나를 이해받는 데 쓰일 때에야 뜻있다. 이것이 아리스토텔레스 수사학의 목적인 동시에, 금(金) 같은 침묵을 사랑하면서도 여전히 누군가에게 말을 건네야 할 이유이리라.

＊

아리스토텔레스는 《수사학(Ars rhetorica)》에서 이렇게 말한다.

"말이란 세 가지로 이루어진다. 말하는 자와 말에 담기는 내용, 그리고 말이 향하는 대상이다. 말의 목적은 마지막 것과 관련되어 있다. 듣는 사람 말이다."

고통스러운 말은 듣는 사람을 상처 입힌다. 상스러운 말은 듣는 사람을 모욕한다. 거짓말은 듣는 사람을 기만한다. 달콤하지만 헛된 말은 듣는 사람을 허탈하게 한다.

말할수록 말이 어렵다. 침묵하지 못할 바에야 눌변가로 남을지니, 그나마 발음이라도 정확하게 해보려고 조심할 수 있어 다행이다.

원 플러스 원
플러스알파

　　2010년 봄은 유난히 길고 추웠다. 4월에 때 아닌 함박눈이 펑펑 내리는가 하면 이상 저온 현상으로 채소 값이 천정부지로 뛰고 새콤달콤한 봄의 맛을 전파하는 딸기는 턱없이 밍밍하기만 했다. 겨울 외투들을 갈무리할 짬을 놓치고 하릴없이 걸린 분홍 원피스를 매만지며 이러다 겨울에서 곧장 여름으로 건너뛰는 게 아닐까 걱정했다. 난분분히 흩날리며 향기를 뿜어야 할 꽃잎들이 차가운 봄눈에 스러지는 모습이 쓸쓸했다. 사계절 중 가장 아름답고 찬란한 봄을 이렇게 놓쳐버리긴 싫었다. 그같이 맥없는 상실은 싫지만 엄마의 치마꼬리를 잡고 늘어지는 아이처럼 칭얼거리며 매달릴 도리도 없었다.

　　얼어붙은 하늘만큼 사람의 마을도 냉랭했다. 사람들은 어깨를 잔뜩 움츠리고 눈을 부릅뜬 채 옆도 뒤도 돌아보지 않고 곧장 앞을 향해 걸었다. 나도 발끝에 힘을 주어 빠르게 걸었다. 서둘러 목적지인 출판사에 다다라 따뜻한 차 한 잔에 언 몸을 녹이고 싶었다. 모두들 한결같은 마음인지 곁을 스쳐 지나는 행인들의 발걸음도 평소보다 빨랐다. 오랜만에 나선 도시의 거리는 그렇게 삭막하고 괴괴하였다.

그때 우연히 전철로 이어지는 지하상가 층계참에 쪼그려 앉은 초라한 행색에 늙수그레한 아저씨 한 분이 내 눈에 띄었다. 노숙인으로 보이는 그는 이미 점심때를 한참 지난 그 시간에야 끼니를 챙길 여유가 생겼는지 행상 아주머니에게서 산 천 원짜리 김밥 한 줄을 부스럭부스럭 펼치고 있었다. 꽃샘바람이라기엔 너무 매운 칼바람이 덩치 큰 초식동물의 배 속 같이 뻥 뚫린 지하상가를 횡하니 훑고 지나갔다. 그는 몸을 잔뜩 옹송그린 채 차가운 계단에 신문지 한 장만 달랑 깔고 앉아 은박지에 싸인 김밥을 하나하나 천천히 씹었다. 문득 스쳐 지난 후에도 그 모습이 마음에 켕겨 발걸음이 비치적거린 것은 내가 특별히 선량해서가 아니라 그렇게 추운 곳에서 물기 없는 음식을 먹으면 체할 수도 있겠다는 생각 때문이었다. 얼마 전 등산을 갔다가 야외에서 잘못 먹은 주먹밥 때문에 한참을 고생했던 기억이 떠올랐다. 갑자기 내 목이 메는 듯하며 생목이 치밀었다.

하지만 동정심을 표현하기에 익숙지 않고 은근히 소심하여 남에게 먼저 다가가는 데 젬병인 나는 안타까운 마음으로 그 노상의 식사를 바라볼 뿐 어찌할 방법을 찾지 못했다. 언제 어디선가 들었던 "값싼 동정은 암의 환부에 연고를 바르는 일에 불과하다"는 냉소가 머릿속에서 맴돌기도 하였다. 그래도 따끈한 차 한 잔, 아니 생수 한 병이면 충분할 텐데……. 지갑을 여는 일보다 마음을 여는 일이 문제였다. 마음도 마음이지만 낯선 이에게 손길을 건네는 일이 보다 큰 문제였다. 습관이 되지 않으면 도저히 할 수 없는 일들이 있다. 작고 사소하고 당장 급해 보이지 않고 내 일이 아닌 남의 일일수록 더욱 그러하다.

그렇게 좁고 옹색한 마음을 추슬러 노상의 메마른 식사 광경을 열없이 스쳐 지나가려는 찰나, 문득 지하철역 편의점이 보였다. 생심도 없이 다짜고짜 들어가 좁은 가게 안을 둘러보니 보온기에 들어찬 두유 병들이 눈에 띄었다. 때마침 원 플러스 원 행사 기간이라 하나를 사면 같은 것 또 하나를 증정한다고 했다. 이거다! 마음속에서 반짝 불이 켜졌다. 내 목을 축이고 배를 불리기에는 두유 한 병이면 충분하다. 나를 위해 하나를 사는 김에 공짜로 하나를 얻었으니 그건 누군가를 위해 나눠도 마땅한 것이다. 뿌리 깊은 병을 치유할 수는 없을지라도 잠시 고통을 덜 수 있다면, 그것으로 원 플러스 원은 단순한 둘이 아니라 플러스알파 효과를 낼 수 있지 않을까? 따끈하게 데워진 두유 한 병을 품고 나오는 가슴이 두근두근했다. 아무리 길고 추워도, 봄은 변함없이 봄이었다.

＊

비정한 도시의 흔한 풍경 하나.

엄마의 손을 잡고 쫑작대며 가던 아이가 지하철 역사 한구석에서 쓰러져 잠든 노숙인을 보고 엄마의 옷자락을 붙당기며 묻는다.

"저 아저씨는 왜 길에서 자는 거야?"

교육적이고 교훈적인 양육자로서의 본분을 한시도 잊지 않는 엄마는 불현듯 찾아온 가르침의 기회를 결코 놓치지 않는다.

"엄마 말을 듣지 않고 공부를 열심히 하지 않으면 저렇게 되는 거야!"

이로써 한마디도 토설한 바 없는 삶의 내력과 무관하게 노숙인은 불효자에 학습 부진아가 되고, 졸지에 엄마에게 협박당한 아이의 얼굴에는 공포와 혐오가 선명하게 새겨진다. 그런데 이때 엄마의 대답에 따라 아이는 평생 다른 시선으로 세상을 바라볼 수도 있다.

"저 아저씨도 언젠가 너처럼 누군가에게 사랑과 기대를 받는 아이였겠지!"

삶의 교훈이 꼭 악담과 으름장을 통해 얻어져야 마땅한가? 사람이 사람을 바라보는 시선에 연민과 애수, 혹은 공포와 혐오 중 무엇이 앞서야 마땅한가?

아버지라는
이름의

남자

        고향에 계신 엄마와 아버지와 그곳을 떠나 사는 나와 남동생은 '무소식이 희소식'이라는 속담을 믿으며 특별한 용건이 있지 않는 한 연락을 하지 않는 맹맹한 가족이다. 안부 전화가 없어도 섭섭해하지 않으며 각자 알아서 잘 챙기고 잘 살자는 주의이다. 한동안 고향집에서 전화를 받지 않아 궁금해하노라면 부모님은 계꾼들과 여행을 다녀왔다고 뒤늦게 통보하고, 내 근황이 궁금하면 부모님은 인터넷을 뒤져 신간이 나왔다거나 이런저런 활동으로 바쁘다는 것을 확인하는 식이다. 우리 가족이 이렇게 '쏘-쿨'하게 된 것은 애초에 타고난 성정이 관계에 애면글면하지 않는 탓도 있으려니와 평생토록 직장 생활을 해온 부모 밑에서 어려서부터 독립적인 생활에 익숙해진 자식으로 이루어진 전형적인 핵가족이기 때문일 것이다.

얼마 전 무슨 예감이었던지 아무런 용건도 없이 갑자기 고향집에 전화를 걸었다. 그리고 오랜만의 통화에서 아버지가 이튿날 백내장 수술을 받는다는 소식을 듣게 되었다. 그 연배에 백내장은 흔한 증상이고 수술도 간단하다지만 일면 죄송하고 걱정스런 마음에 방귀 뀐 놈이 성내는 격으로 불퉁거렸다.

"그런데 왜 우리한테는 말을 안 했어요?"

"너희에게 이야기를 하면 뭐가 달라지고, 하지 않으면 뭐가 달라지니?"

틀린 말은 아니었다. 어쨌거나 아버지는 양쪽 눈에서 백내장을 적출하는 수술을 받는 동시에 노안까지 해결하는 신기술인 신형렌즈를 삽입했다고 했다. 그런데 수술이 끝나고 며칠 후 전화를 해보니 왠지 아버지의 목소리에 기운이 없었다.

"수술은 무사히 끝났고 경과도 좋다면서 왜 그러셔요?"

"수술이 잘되어서 돋보기 없이도 신문을 읽을 수 있을 정도로 시력이 좋아지긴 했는데…… 눈이 침침할 때는 보이지 않던 웬 백발노인이 거울 안에 들어앉아 있구나!"

풀죽은 아버지의 말에 문득 가슴이 먹먹해졌다. 아버지가 스스로 늙어가는 것을 몰랐던 것처럼 나도 아버지의 노화를 잊고 있었다. 은퇴한 지 다섯 해가 지났지만 여전히 현역 못잖게 정력적인 사회 활동을 하고 있으며 새로운 것을 배우려는 의지 또한 왕성하기에 아버지가 곧 칠십 대가 된다는 것을 실감하지 못했다. 내 마음속의 아버지는 언제나 젊었다. 강강한 기질에 성취 지향적 성격으로 항상 일에 파묻혀 그것을 즐겼다. 아버지를 빼쏜 딸인 나는 고집이 세고 쉽게 타협하지 않는 것까지 닮아 사사건건 아버지와 부딪히기도 했다. 나는 아버지를 부정하며 저항했다. 정치학자 전인권의 책 《남자의 탄생》에 표현된 대로 아버지는 권위주의와 자기중심주의의 동굴에 갇혀 있는 '동굴 속의 황제'와 같은 한국 남성이라고 생각했다. 지금도 전화를 하면 아버지와는 할 말이 없어 건성으로 몇 마디를 주고받다가 엄마를 바꿔달라고 하고, 집안의 평화를 위해서는 엄마가 아버지보다 오래 살아야 한다는 요망한 말을 내뱉기도 한다.

돌이켜보면 아버지는 사랑의 표현에 익숙지 않고 그 방법이 달랐던 것뿐이다. 다른 집 애들처럼 애교스럽지도 싹싹하지도 않은 외동딸이 소설을 쓰기 위해 체험이 필요하다며 버스 안내양으로 취직시켜 달라고 했을 때 그 강짜를 받아주고, 시커먼 물을 들인 야상 점퍼를 입고 다니는 게 안타까워 슬그머니 옷을 사 입을 용돈을 건네고, 결정적인 상황에서는 누구보다 확실한 내 편으로 응원과 지지를 보내주셨다. 하지만 이제 인정할 수밖에 없다. 아버지는 늙어간다. 밝아진 눈으로 백발이 다가오는 현실부터 바라봐야 한다. 그러기 전에 아버지라는 이름의 한 남자와 좀 더 일찍 대화할 수 있었다면 얼마나 좋았을까? 아버지라는 이름을 넘어선 한 사람을 더 많이 사랑하고 이해할 수 있었다면 얼마나 좋았을까? 안타까운 마음을 달래면서 가만히 수화기를 들어본다.

*

젊은 아버지는 합기도 4단에 태권도 3단, 합이 7단이었다. 그래서 어린 딸은 '남자라면' 당연히 세상과 맞설 단단한 '주먹'을 가져야 한다고 생각했다(정작 '주먹'을 가진 남자는 만나본 적이 없지만). 젊은 아버지는 냉철하고 단호하고 오만했다. 어린 딸은 기를 쓰고 그에 맞서 팽팽한 자존심 대결을 벌였고, 아버지와 딸은 서로 가장 많이 닮았으면서도 서로를 가장 모르는 상대였다.

지난번 아버지 생신 날짜를 홀딱 까먹고 넘어갔다. 헷갈리기 딱 좋게 어떤 해는 두 번 끼고 어떤 해는 아예 없는 음력 동짓달인지라 예사로운 실수로 눙치고 지나가려니, 전화 너머 정말로 섭섭하고 노여워하시는 아버지의 목소리가 들린다. 모든 것을 녹슬게 하는 시간의 흐름에도 기억만은 좀처럼 늙지 않는다. 아버지는 더 이상 젊지 않은데, 어린 딸의 원군이자 맞수였던 젊은 아버지는 어느덧 세월 속에 가뭇없는데.

꽃, 꽃이, 꽃이로구나……
이진명의 시구를 가만히 중얼거린다.
별안간 꽃이 사고 싶은 것,
그것이 꽃 아니겠는가……
시인은 그렇게 가난한 마음을 위로한다.
꽃은 언제고 피었다 지고
다시 피기 마련이기에.
이별이라고 다 슬프지 않다.
언젠가는 우리 모두
꽃밭에서 만날 것이기에.

2부

모든 순간이
꽃봉오리인 것을

아름다운 사람,
래군이 형

　　　　　　이따금 시와 소설의 차이를 따지는 질문을 받으면 "시가 천상의 예술이라면, 소설은 천민의 예술"이라고 답하곤 한다. 이 세상에서(어쩌면 저 세상에서도) 아들 다음으로 사랑하는 것이 소설인 터에 언감생심 비하나 폄하의 뜻일 리 없고, 소설이라는 장르가 갖는 고유의 속성을 나만의 애정 표현 방식으로 설명한 것이다. 소설은 결코 아름답고 순결하고 고상하기만 할 수 없다. 고리끼의 말대로 '인간학'에 다름 아닌 그것의 풍미는 삶의 진창에 코를 박고 짓무른 상처에 뺨을 비빌 때에만 발현되기 때문이다.

　　스무 살 무렵에 박래군 선배를 처음 만났을 때, 농투성이같이 시커멓고 허름한 그의 외모가 "소설 좀 쓴다"는 주변의 소개와 그럴듯하게 어울린다고 생각했다. 탁주처럼 걸쭉한 입담과 사람 좋은 너털웃음으로 미루어보아 이문구 풍의 농촌소설을 쓸 것도 같고, 해고자들과 함께 한미은행 점거농성에 들어갔다 구속된 '은행 강도' 이력으로 보면 조세희 풍의 강강한 리얼리즘 문학의 전통을 이을 것도 같았다. 아니, 작가의 외모를 통해 작품의 경향을 넘겨짚는 짓이야말로 하수라고 생각하면, 투박한 그의 손끝에서 의외로 모던한 실험적 문학이 흘러나올지도 모를 일이었다.

어쨌거나 대학 문학상을 수상한 화려한 경력을 차치하고, 결국 나는 그의 소설을 읽어보지 못했다. 더러운 시절이 문학청년을 투사로 만들어버렸기 때문이다. 아니, 시절을 탓하는 건 지나치게 단순하고 아무래도 부질없다. 힘없고 약한 사람에게는 어느 시절이라도 더럽고 고단하지만, 그 시간이 강산이 세 번 바뀌는 30년에 이르러서는 아무리 더러운 시절이라도 끝끝내 싸우며 견디기에 버겁다. 대부분이 슬금슬금 뒷걸음쳤다. 꿈이라고 불리는 자신의 욕망과, 책임이라고 불리는 식솔들의 안위와, 이른바 살길을 찾아 뿔뿔이 흩어졌다.

'잔치가 끝난' 그곳에 박래군, 그가 남았다. 2010년 당시, 그의 '공식' 직함은 '이명박정권 용산 철거민 살인진압 범국민대책위원회 공동집행위원장'이었다. 그 이름으로 순천향병원 장례식장과 명동성당에서 10개월 동안 수배생활을 하고, 1년이 지나서야 치러진 희생자들의 장례식과 삼우제를 마친 후 경찰에 자진 출두했다. 그의 이름 뒤에 붙은 덕적덕적한 직함들은 지난 세월만큼이나 길다. 민주화운동유가족협의회(유가협) 사무국장, 인권운동사랑방 상임활동가, 평택미군기지확장저지범대위 언론담당위원까지…… 두 살 터울 동생인 박래전 열사가 스물여섯이 되던 1988년에 "광주는 살아 있다"고 외치며 분신한 후 그는 지금까지 역사와 사회와 동생에 대한 약속을 지키며 살아왔다. 유가협에서 같이 일했던 이행자 시인이 "박래군 같은 사람이 다섯 명만 있었다면 나라꼴이 이 지경은 아닐 것!"이라고 호언장담할 정도로 그는 '타고난 활동가'이자 '운동진영의 보배'로 손꼽혀왔다.

같은 과 선후배라는 얇은 인연만으로도 그 같은 평판이 뿌듯하지만, 웬일인지 내 마음 한편에는 '소설가'라는 이름으로 불리지 못하는 래군이 형에 대한 안타까움이 자리 잡고 있다. 한 번이라도 이놈의 '문학병'에 걸려 앓아본 사람이라면 이루지 못한 꿈이 어떻게 평생을 깔깔하게 뒤좇는지를 잘 알기 때문이다. 언젠가 그는 예의 싱검털털한 웃음을 지으며 말했다.

"소설은 쓰겠다는 사람도 잘 쓰는 사람도 많지만, 이 일은 내가 아니면 할 사람이 없잖아!"

그랬나보다. 래군이 형은 여전히 가장 낮은 곳에 있지만 이제는 진짜로 아름답고 순결해져서 소설 같은 천역에는 어울리지 않나보다. 유난히 차가운 올겨울, 부디 그가 더는 춥지 않길 빌 뿐이다.

*

　　'빵'에 갔다 나온 래군이형을 두 번 만났다. 그때마다 형의 직함이 달랐다. 인권센터 건립기금 모금을 위해 인사동에서 열린 '대지의 꿈' 전시회에서 형의 이름은 '화상(畵商)' ―이른바 '그림 파는 사람'인데 가까운 이들은 농으로 "화~상(畵像?)!"이라 불렀다. 또 용산 다큐 〈두 개의 문〉의 시사회에서는 극장 개봉을 위한 배급위원회의 '준비위원장'이라고 했다. 화상이고 준비위원장이고 간에, 형에게 달리는 직함은 언제나 명예가 아니라 일감이다. 보상 없는 헌신이고 승패를 모르는 싸움이다. 알량한 학교 선후배의 인연을 차치하고, 그는 내가 만난 사람들 중 보기 드문, 진짜다.

　　두 번 만났으나 두 번 다 시간적 여유가 없어 황황히 헤어졌다. 다음번에는 꼭 찬 술에 소설을 안주 삼아 한잔해야겠다. 만약 형이 문학 따윈 다 잊었다고 발뺌해도, 이미 우리의 술자리는 지극한 문향(文香)으로 가득할 테다. 고리끼 선생의 말씀대로, 소설은 곧 인간학일지니.

소리,
그녀가 되다

　　　　나는 처음부터 그녀가 좋았다. 그래서 "아침에 깨면 기억 못할 사람이랑은 말 안 섞어요!"라는 타박에도 속없이 헤벌쭉 웃어버렸다. 사랑은 시간이 흘러 식지 않으면 깊어지는 양자택일이라는데, 사람의 첫인상은 경과에 따라 터무니없거나 맞아떨어지는 둘 중 하나인가보다. 겉으론 강하고 씩씩해 보이지만 마음속엔 눈물이 출렁거리고, 주변을 챙기느라 안달복달하면서도 정작 제 사정으론 절대 남에게 아쉬운 소리 못하는, 그녀가 꼭 나 같은 촌년일 줄 알았다. 그리고 그녀의 처연한 듯 웅숭깊은 노랫소리를 듣는 순간 짐작과 예감이 어긋나지 않았음을 알았다.

　　전라남도 순천 상사면 용계리 죽전마을에서 손바닥만 한 땅뙈기를 부쳐 먹고 살던 강석구 씨와 허만순 씨의 여섯 자식 중 막내,

대단히 예쁘거나 재바를 것 없는 평범한 아이 경순에게는 딱 하나 특별한 점이 있었다. 고된 노동을 끝내고 막걸리 한잔 걸친 아버지가 〈목포의 눈물〉을 흥얼거릴 때 지짐이 주워 먹던 젓가락으로 장단을 맞추고, 평소에 수줍음 많던 아이가 동네 노래자랑에 나가서는 〈눈물 젖은 두만강〉을 구성지게 불러젖혔다. 노래를 부를 때만은 가난으로 인한 소외감과 댐이 건설되면서 수몰되어 사라진 고향에 대한 그리움과 슬픔까지도 모두 잊었다. 그래서 그녀는 꿈을 꾸었다. 평생을 노래하며 살겠노라고. 그러면, 그래야만 행복할 수 있을 것 같았다.

여상을 졸업하고 기타 하나 달랑 메고 상경한 그녀에게 세상은 톡톡히 쓴맛을 보여주었다. 새벽엔 신문 배달을 하고 낮에는 경리일을 하고 그도 모자라 수강료 대신 강의실을 청소하며 음악 공부를 시작했다. 고만고만하게 닮은 목소리들을 흉내 내기보다 자신만의 소리와 노래를 찾고자 했던 그녀는 자본의 시스템이 장악한 업계에서 물정 모르는 미운 오리 새끼일 뿐이었다. 그러나 예쁜 척 잘난 척은 못하지만 스스로를 믿고 끝까지 타협하지 않는 촌년의 근성으로 그녀는 10년이란 세월을 앙버텼다. 그리고 끼와 낙천성을 물려준 아버지와 인생 최고의 친구이자 스승인 어머니의 성을 따고 흔들리지 말고 달려 나가자는 뜻의 이름을 붙여, 마침내 가수 강허달림이 되었다.

이따금 물색없이 대학 강의에 불려 나가면 세상만사 심드렁한 표정의 젊은이들을 만난다. 갖가지 조기교육으로 교양을 완비하고 값비싼 사교육의 관리를 받으며 성장해 해외연수는 필수요 '스펙'을 쌓기에 일심전력하며 살고 있지만, 정작 그들은 꿈이 없다고 하소연한다. 너무 일찍 서열화를 경험해 뼛속 깊이 패배감을 간직한 그들에게 야망 따윈 영어 격언에나 있는 것이다. 수강 신청부터 학점까지 챙기는 '헬리콥터 부모'의 보호로도 높디높은 부의 세습의 벽은 넘을 수 없으니, 취업이 안 되면 언제까지 빌붙어야 할지 모르는 부모에게 함부로 저항할 수도 없고 원망하는 마음을 품지 않을 수도 없다. 가끔 조심스럽게 꿈을 말해보지만 현실 앞에 그것이 꺾이는 건 당연하다고 믿는다. 젊은 친구들이 조로한 얼굴로 "꿈만 먹고 살 수는 없잖아요?"라고 되물어올 때 여전히 철없는 나는 가슴이 아프다. 꿈은 망연히 바라보는 것이 아니라 온몸으로 밀고 나가는 것이다. 깨어지고 부서지는 것에까지도 행복을 느낄 만큼 절실하고 절박해져야 이루어진다. 아니, 쟁취된다.

그들에게 나와 닮은 바보인 강허달림의 노래 가사를 빌어 말하고 싶다.

"또다시 쓰러져도 / 아무렇지 않게 일어나 웃음 짓고 / 아무 일 없단 듯이 그렇게 / 그게 나인 걸《독백》중》"

그렇게 꿈은 나를 깨닫고 찾는 일로부터 시작된다. 내 쓰린 상처와 실패의 경험을 통해 '누군가에게 삶의 어느 순간 힘이 되고 위안이 되는 노래'를 꿈꾸며 오뚝이처럼 발딱 일어나 목청을 돋울 때 비로소 구체적인 무엇이 된다.

2010년 가을, 장충동의 작은 극장에서 강허달림의 콘서트가 열렸다. 술 한 병 옆에 차고 그녀를 만나러 가는 길이 설렜다. 그녀가 소리가 되고 소리가 그녀가 되어, 간절한 꿈이 마침내 무대 위에 눈부시게 펼쳐지는 모습이 눈앞에 가물가물했다.

＊

세상이 꽁꽁 얼어붙은 겨울 어느 날, 그녀가 새로 낸 2집 앨범을 보내왔다. 앨범 제목은 〈넌 나의 바다〉. '길들여지지 않는 바다'를 아는 그녀는 바닷가에서 자라나 바다로부터 도망쳐 끊임없이 바다를 그리워한다. 노래만이 꿈이고 운명이지만 노래 이전에 '사람'으로서 잘 살기 위해 고민하는 그녀는 좋은 세상에서 좋은 음악을 누리면서 살고 싶다고, 그 허스키하고도 걸쭉한 목소리로 낮게 속삭인다. 나도 그녀의 앨범에 살그머니 가사 한 편을 보냈다.

"아니, 그래도 괜찮아. 죽도록 사랑해도 괜찮아……."

시련과 상처와 고통과 이별 속에서도 삶은, 사람은, 음악은, 문학은 죽도록 사랑해도 괜찮은 것이다. 아니, 죽도록 사랑해야 마땅한 것이다.

모든 순간이
꽃봉오리인

것을

        새로 이사한 꼭대기 층의 집은 이슬 맺힘 현상이 심하고 맨머리에 추위가 더하지만 하늘에서 내리는 눈비의 선물을 제일 먼저 받을 수 있어서 좋다. 지난밤에도 잠결에 하늘이 수런거리는 것을 낌새채고 눈을 뜨니 봄비와 함께 문자 메시지 한 통이 도착해 있었다.

    '새벽어둠 속에서도 왜 이리 비는 반가울까? 살아 있는 생명을 감지해서일까……?'

    꽃향기가 백 리를 간다는 백리향을 본떠 '김백리'라는 필명으로 활동했던 그녀, 은숙 언니가 보내온 문자였다. 우리는 열 살의 나이 차에도 불구하고 같은 해에 등단한 인연으로 한동안 가깝게 지냈다. 하지만 몇 편의 소설을 발표한 뒤 번역 작업에 몰두하기 시작한 그녀가 유학을 가면서 시나브로 연락이 끊겼다. 그녀가 귀국한 직후 문단 행사에서 한 번 마주친 적이 있지만 어쩌다보니 안부만 주고받고 바쁘게 헤어졌다. 시간은 움켜잡을 수 없는 물처럼 흘러 3년 만에 다시 들은 소식은 충격적이었다. 언니가 아프다고 했다. 그것도 아주 많이.

그녀의 젊은 날은 치열했다. '불평등한 한미관계를 올바로 정립하고 5·18에 있어서의 미국의 책임을 묻기 위해' 이름도 무시무시한 '방화범'이 되어 무기징역을 선고받았고, 5년 8개월 동안 독방 안에 쌓여 있는 먼지와 갈라진 벽을 비집고 들어온 두꺼비와 대화했던 간절한 소통의 열망으로 작가가 되었으며, 얼마 전까지 창신동에서 지역아동센터를 꾸리며 다사다망하게 지냈다.

내 기억 속에 오롯한 그녀는 방화범도 장기수도 활동가도 아니고 필명처럼 청신한 향기가 번져 나는 곱고 다정한 언니였다. 그런데 아직 젊은 그녀의 몸에 수술로도 제거할 수 없는 암세포가 자라고 있다니, 격조한 끝에 받은 악보가 막막하고 먹먹할 뿐이었다.

문인들의 십시일반에 초라한 마음을 보태고 안부 문자를 넣긴 했어도 직접 만날 작심을 하기까지는 시간이 걸렸다. 몇 번의 경험을 통해 병마에 시달리는 모습을 기억하는 일이 얼마나 괴로운가를 알기에 젊고 아름답고 강건했던 그녀를 내 맘속에서 잃고 싶지 않았던 것이다. 남은 시간을 알 수 없는 촉박 지경에도 나는 여전히 이기적이었지만, 언니는 용렬한 나를 욕하지 않았다.

"고생스럽게 뭣하러 먼 길을 왔어?"

말은 그렇게 하면서도 그녀는 반가운 빛을 숨기지 못했다. 많이 야위었지만 형형한 눈빛과 조용한 미소는 고스란했다. 나는 그녀의 깡마른 손발을 주무르며 우리가 함께했던 청춘의 봄과 다가올 새 봄을 이야기했다. 언니는 내게 즐겁게 살라고, 어떻게든 행복하게 살라고 했다. 그 말은 격려이자 꾸지람이었다.

이즈음 나는 시시때때로 "사는 게 참 되다"며 엄부럭을 부리던 터였다. 나를 불면과 우울에 시달리게 하는 건, 고단한 밥벌이와 떼 어먹힌 인세와 헛똑똑이의 자괴감이라기보다는 언젠가 다가올 알 수 없는 미래에 대한 불안이었다. 희망 없이 사는 일이 두려웠다. 오 토바이를 못 타니 피자 배달도 할 수 없고 꼴같잖은 자존심에 이웃 집 문을 두드려 밥을 빌 재간도 없는데, 누군가가 '낯선 죽음'이라 부른 그것이 고립된 개별자인 내게는 너무도 익숙했다. 그리고 나보 다 더 힘들고 어려운 사람들을 생각하면 괴롭고 답답했다. 나쁜 세 상에는 죽음만큼이나, 어쩌면 죽음보다도 더 무섭고 무거운 절망이 넘실거리기 마련이다.

그런데 언니는 미래의 공포에 사로잡혀 오늘을 허비하지 말라 고 했다. 정현종 선생의 시 제목처럼 〈모든 순간이 꽃봉오리인 것 을〉 기억하며 바로 지금을 즐겁고 행복하게, 어떻게든 앙버티며 열 심히 사는 것이 이 난경에 처한 우리의 의무라고.

'통증도 멎고 문득 바깥 풍경을 보니 굽이굽이 산등성이에 춘설

이 너무 아름다워…… 행복!'

　살아 있어서 행복하다는 언니 덕분에 나도 잠시 행복해졌다. 곰곰 새겨보면 우리 중 누구의 삶도 시한부가 아닐 리 없건만, 그래도 은숙 언니, 우리 기어이 견뎌내고 행복합시다. 순간순간이 꽃봉오리이며 걸음걸음이 꽃길임을 잊지 말고 조금만, 조금만 더 즐겁게 살아남읍시다.

✳

나는 가끔 후회한다.

그 때 그 일이

노다지였을지도 모르는데…….

그 때 그 사람이

그 때 그 물건이

노다지였을지도 모르는데…….

더 열심히 파고들고

더 열심히 말을 걸고

더 열심히 귀 기울이고,

더 열심히 사랑할 걸…….

반벙어리처럼

귀머거리처럼

보내지는 않았는가.

우두커니처럼…….

더 열심히 그 순간을 사랑할 것을…….

모든 순간이 다아

꽃봉오리인 것을,

내 열심에 따라 피어날

꽃봉오리인 것을!

— 정현종, 〈모든 순간이 꽃봉오리인 것을〉 전문

《사랑할 시간이 많지 않다》, 세계사, 1989)

시가, 전부다.

그 길모퉁이
시인의

마을

전날 마신 술이 덜 깨어 비몽사몽간을 헤매고 있는데 전화가 왔다.

"나, 시 쓰는 송경동인데…… 별아 씨, 맞나요?"

어눌하면서 약간 더덜거리는 말투, 그의 목소리를 듣자 갑자기 정신이 확 들었다.

"선배, 미안해요. 고생하신다고 들었는데 가보지도 못하고……."

"아니, 미안할 게 뭐 있어요? 신작도 나왔던데 열심히 쓰는 게 부러울 뿐이지. 그런데 말이야, 내일 시간 좀 내면 안 될까? 바쁜 거 알지만 부탁할게요……."

그의 청은 아무래도 거절할 수 없었다. 미안하고 고맙고 부끄러

왔기 때문이다. 내가 어쨌거나 평안한 작업실에서 혼자만의 작업에 몰두하는 동안 그는 내내 길 위에 있었다. 기륭전자 비정규직 여성 노동자들의 농성장에서, 콜트-콜텍 기타를 만드는 노동자들과 함께, 그리고 지금은 용산 철거민 투쟁 현장에서, 그는 온몸으로 시를 쓰고 있었다. 내가 누리는 평온이나 평화라는 것은 언제나 누군가의 땀과 피에 빚진 것이다. 시인 송경동은 그런 나의 빚쟁이 중 한 사람이다.

140일 전(2009년 1월 19일) 참사가 났던 그 겨울 아침처럼 하늘은 무거운 잿빛이었다. 지하철 신용산역 2번 출구로 나와 잠시 주위를 두리번거리며 어디로 가야 하나 고민했다. 때마침 점심시간이라 주변 건물에서 쏟아져 나온 와이셔츠와 제복 차림의 회사원들이 식당을 찾아 흩어져 가고 있었다. 그들에게 길을 물어볼까 망설이다가 무작정 걷기 시작했다. 뭐라고 물어야 할지 알 수 없었기 때문이다.

"저기요, 여기 용산참사 현장이 어디 있나요? 불붙은 망루가 무너져 세입자와 전국철거민연합회 회원들과 경찰특공대까지 여섯 명이 사망한 그 참사 현장 말이에요?"

하지만 상상 속의 끔찍하고 무서운 사건 현장은 어디에도 없고, 실제로 내 눈앞에 펼쳐진 것은 지극히 평범한 일상의 풍경이었다. '철거와 상관없이 영업합니다'라는 플래카드를 내걸은 식당들은 점심 장사에 바쁘고, 초여름날 짧은 치마를 걸친 아가씨들의 다리는 눈부시게 미끈하고, 퀵서비스 오토바이는 곡예 운전을 하며 지나가고, 차들은 신경질적으로 빵빵거리며 체증을 견디고 있었다. 누가 어떻게 죽어도 일상은 무서우리만큼 무고했다.

'용산참사 140일 해결 촉구 및 6·10항쟁 22주년 현장 문화제—떠나지 못하는 사람들을 위한 140인 예술행동'은 그처럼 끔찍하지만 막강한 일상 속에서 진행되었다. 시인과 소설가들은 벽시와 벽글을 쓰고, 화가들은 그림을 그리고, 가수들은 노래를 하고, 사진가들은 사진을 찍었다. 그곳에선 슬픔도 분노도 투쟁도 일상이었다. 분향소에서는 화분들이 꽃을 피우고, 용역들은 틈틈이 밥값을 하기 위해 시인과 화가들이 벽에 붙인 꽃 장식을 뜯었다. 눈물마저 말라버린 유가족은 만화가들이 그려준 캐리커처에 웃고, 포크락과 풍물이 민중가요와 어울렸다. '도심 테러리스트'들의 영혼을 위로하기 위해 온 눈이 예쁜 젊은 신부님은 낮술에 취해 있던 작가들과 순대 국밥을 나눠 먹었다.

길바닥에서 먹고 자고 싸우느라 새카맣게 타버린 송경동 시인은 오랜만에 동료들을 만난 게 반가워 연방 벙싯거렸다. 우리도 평소대로 술타령만 말고 뭐라도 해야지 않겠느냐고 묻자 그가 답했다.

"시인과 소설가들은 술 먹는 게 투쟁이지! 여기서 이렇게 얼굴 보는 것만으로도 좋아."

그는 여전히 투사이기 이전에 시인이다. 누구보다 열심히 싸우면서도 누구도 비난하지 않는다. 실로 그가 있어야 할 곳은 평화로운 시인의 마을이다. 하지만 지금 그가 있기에 그 길모퉁이 살벌한 참사 현장이 시인의 마을이다. 억울한 영혼들의 의로운 벗, 그가 바로 시인이기에.

*

시인이 되고 싶어서 선택한 것이 아니라, 어떤 말들이 내 눈 밖으로 튀어나왔다. 어떤 말들이 내 입 밖으로 쏟아져 나왔다. 어떤 말들이 움켜쥔 주먹처럼 내 안에서 뻗어져 나왔다. 세계가 내 몸을 타자기로 삼아 제 이야기를 두드렸다. 더 이상 내 몸은 나만의 것이 아니었다. 이 세계가 내 몸에 자신의 구조와 상처를 깊이 새겨두었다. 그 상처를 말함은 그래서 내 이야기만이 아닌 우리의 이야기를 하는 것이 되었다.

— 송경동, 〈5월 어느 푸르던 날〉 중에서

《꿈꾸는 자 잡혀간다》, 실천문학사, 2011)

한진중공업 정리해고 철회를 위한 대규모 이동 방문 시위 '희망버스'를 기획해 집시법 위반 등으로 구속되었던 송경동 시인이, 지난겨울 감옥에서 〈작가의 말〉을 썼던 산문집을 올봄 보석으로 풀려난 후 보내왔다. 독한 겨울을 묶어 내 손에 닿은 책 제목은 《꿈꾸는 자 잡혀간다》. 그는 꿈꾸다가 잡혀갔지만 풀려나서도 여전히 꿈꾸고 있다. 2010년 기륭전자 비정규투쟁 당시 포크레인 점거농성을 하다 떨어져 다쳐 철심을 14개 박은 다리를 절룩거리면서도, 그는 끝내 꿈을 포기하지 못하겠다고 한다. 누군가는 그가 우리에게 너무 큰 부채 의식과 죄책감을 준다고 힐난하기도 하지만, 그를 노동운동가이기 이전에 시인으로 기억하는 나는 짠하고 섭섭할 뿐이다. 원망과 질책은 그가 서정시를 쓸 수 없는, 느긋하게 음유하며 살 수 없는 세상에게 돌려야 마땅하다. 그는 다만 온몸으로 시를 쓴다. 그는 천생 시인이다.

살아라,
살아 있으라
— 친구 성철에게

안녕, 친구! 잘 지내는가? 나는 얼마 전 이사를 했다네. 거처를 옮기면 제일 먼저 하는 일은 산책로를 물색하는 것이지. 집 앞을 흐르는 작은 개천은 얼마간 뻗어가 탄천과 만나네. 그 천변에는 잘 조성해놓은 산책로와 자전거도로가 있지. 등교를 하는 아이와 함께 집을 나서 한 시간 가량 걷곤 해. 겨드랑에 살짝 땀이 차고 호흡이 더워질 때까지 홀로 씨근대며 걷노라면, 외롭기에 자유로운 이번 생애를 그럭저럭 견딜 만하다는 기분이 들기도 하지.

자네의 급한 연락을 받은 것은 봄이 아직 멀게만 느껴지던 지난 2월 중순이었지. 메일에 첨부해 보내준 파일에는 자네가 소속된 국가인권위원회에 대한 행정안전부의 조직개편 검토안과 인권위의 현재 상황이 소상하게 적혀 있었지. 읽노라니 화가 나기보다 기가 막혔네. 인권위 축소 논란은 이념 따윈 고사하고 정치 논리로조차 설명할 수 없는 것이었기 때문이지. 그건 다만 정권과 체제를 넘어서 인간의 최고이자 최후의 가치인 인권에 대한 무지를 고스란히 드러내는 소극일 뿐이었어.

메일로 소식지를 받아 보는 시민단체 중에 인권위 개편에 대해 가장 민감하게 반응했던 곳이 장애인 단체였던 것도 그런 까닭이었지. 그들의 애끓는 하소연과 절절한 분노를 보며 새삼 깨닫게 되더군. 자네들은 바로 그들의 편이었네. 몸이든 마음이든 '장애'의 낙인이 찍힌 채 세상의 차별과 억압에 신음하는 모든 힘없고 약한 이들의 마지막 보루였네.

누군가 그대들을 '남한산성'이라고 빗대어 부른다고 했던가? 자네는 그에 대해 "행주산성이 되지 못하면 옷을 벗어야지"라고 담담하게 대답했지. 고작해야 글줄 나부랭이로밖에 도울 수 없는 내게 "작가 친구를 둔 게 지금처럼 행복할 수가 없네"라고 말해주었을 때는 너무 부끄러워 할 말이 없었어. 고마워할 사람은 자네가 아니라 나라네. 이토록 도저한 환난과 환멸의 시대에 자네같이 꿋꿋하고 신실한 친구가 있어서 얼마나 다행인가! 물론 우리가 얼마나 부족한가는 스스로 잘 알고 있지만, 어쨌든 적어도 친구에게 부끄러운 일은 하지 말고 살아야지. 스무 살의 그때처럼 불꽃의 삶을 꿈꾸기엔 현실이 너무 초라해도, 최소한 우리가 맞서 싸우던 그 괴물을 닮아가진 말아야지.

가열한 싸움에도 불구하고 3월 24일 행정안전부의 국가인권위원회 21퍼센트 축소 최종안이 법제처 심사를 통과했다는 뉴스(2009년)를 들었을 때, 상심한 자네 얼굴이 제일 먼저 떠올라 하루 종일 우울했다네.

그런데 그대들, 정말 멋진 친구들이더군! 그로부터 며칠 후 연거푸 날아온 인권위의 소식 메일에는 '인권사랑 이벤트'와 '특허발명강제실시 토론회' 개최 소식이 경쾌한 일러스트와 함께 실려 있었지. 그래서 나는 자네가 인사 발령을 받았다는 소식을 듣고도 놀라거나 걱정하지 않았어. 싸움은 아직 끝나지 않았으니까, 우리가 지레 포기하기 전에는. 자네의 말대로 인권상담센터에서 상처 입은 사람들의 목소리를 직접 듣노라면 더 팽팽한 의지와 활력이 생겨나지 않겠는가?

봄! '보다(見)'에 그 어원이 있다는 계절이 천지간에 오색빛깔로 한창이네. 며느리에게 양보한다는 따가운 봄볕에 노화의 주적인 자외선이 걱정되지만 모자 따위는 벗어젖히네. 시야를 넓혀 더 멀리 보아야 해. 사람의 일에 갈피를 잡기 어려울 때는 오직 자연이 스승이자 벗이지. 스스로 그러한 자연은 조급해하지도 주저하지도 희망을 잃었노라고 코를 빠뜨리지도 않지.

가만히 귀를 기울이노라면 겨울 추위를 이겨낸 뭇 생명들이 살아라, 살아 있으라, 지상 명령을 내리는 소리가 들리는 것 같지 않은가?

친구, 부디 잘 견디세.

＊

2011년 2월 23일, 국가인권위원회 강인영 조사관이 '계약 해지'
되었다. 9년간 인권위에서 일하며 성차별조사업무에서 '최고 조사
관'으로 손꼽히던 그는, 그간 인권위의 파행에 강력히 저항한 노조
부위원장이기도 했다. 그리하여 실질적인 '부당 해고'에 항의하며
인권위 직원 80여 명은 1인 시위, 언론 기고, 자유게시판 게시, 탄원
서 제출 등을 진행했다. 이에 대한 인권위의 답변은 시위에 참가한
직원 중 4명을 정직시키고 7명을 감봉한다는 징계 처분이었다. 표
현의 자유를 앞장서 보호해야 할 인권위에서 발생한 표현의 자유
침해는, 그야말로 '붕어빵에 붕어가 없고, 인권위에 인권이 없는' 기
막힌 꼴이었다.

친구 성철은 이 과정에서 1개월 정직 처분을 받았다. 그동안 간
간이 그가 전해온 소식에는 '자기 부정'을 할 수밖에 없는 독선과
불통의 상황에 대한 답답한 심경이 짙게 묻어 있었다. 당장 때려치
우고 싶다고, 수모와 치욕을 더는 견딜 수 없을 것 같다는 괴로운
토로도 왕왕 있었다. 하지만 내가 친구에게 할 수 있는 말은 조금

만, 조금만 더 참고 버티자는 것뿐이었다.

　알고 지낸 시간에 비해 자주 만나지는 못했지만 언제 보아도 성철은 변함없이 정직한 친구다. '정직' 기간 동안 '정직한 일기'를 인터넷 언론에 연재했던 성철은 복직한 지금도 자신과 역사에 정직하고자 싸우고 있다. 친구, 부디 건투를!

꽃 지는 날,
낮술을 마시다

빗방울이 떨어졌다 멈췄다 오락가락하는 날이었다. 유달리 추웠던 봄이 지나자마자 초여름 더위가 몰려와 옷차림을 어찌해야 할지 헷갈렸다. 꽃들마저 사람의 마을에 더부살이해 살기가 겸연쩍은 듯 순서도 없이 제멋대로 피었다 진다. 혼란스런 봄이다. 어수선한 시절이다. 모진 계절을 견디지 못하는 사람들은 밀폐된 방에 모여 연탄을 피운다. 혼자 죽기도 무서워 서로의 죽음에 증인이자 고발자가 되어 죽는다. 함께하지만 지독하게 외로운 죽음이다. 작고 약한 것들이 이토록 낱낱이 고립되어 스러지는, 지금이 난세가 아니라면 무언가.

그렇다면 과연 어떻게 살아야 하나? 봄비에 젖어 지는 꽃잎에게 물으며 낮술을 마신다. 오늘의 술벗은 10여 년 전 "부끄럽다"는 이유로 그때까지 만든 자기 노래의 음원을 모두 버리고 세상으로부터 몸을 숨긴 가수 한돌 선생이다. 거의 존시간의 차이가 나는 연배지만, 나는 오래전 그의 팬이었다. 열일곱 살에 강릉 MBC 프로그램 〈별이 빛나는 밤에〉에 그가 만든 노래 〈불씨〉를 신청하고 늦은 밤 라디오 앞에 바싹 붙어 앉아 귀를 기울이던 기억이 생생하다. 그의 노래는 변방의 우울을 앓던 사춘기 소녀의 굽은 등을 가만가만히 다독여주었다. 일 핑계를 대고 만든 술자리지만 일감은 뒤로 밀치고 오랜 궁금증부터 해결하려 덤빈다.

"오는 길 내내 노랫말이 입속에서 맴도는데 아무래도 이상해요. 불씨야, 불씨야, 다시 피어라…… 하고 겨우겨우 희망을 지핀 것 같더니, 그 다음 구절이 곧바로, 끝내 불씨는 꺼져버렸네, 이젠 사랑의 불꽃 태울 수 없네…… 잖아요? 그럼 뭔가요? 희망인가요, 절망인가요?"

참된 노래를 만들 영감을 얻기 위해 10여 년 동안 홀로 산을 오르고 삶을 들여다보며 살아온 가수는 여전히 열일곱 살처럼 철없는 팬의 빈 술잔을 채워주며 말한다.

"그게 사실은 1980년 광주를 생각하며 만든 노래예요. 잠시 민주주의의 봄이 온 듯했지만 금세 칼바람의 계절이 다시 세상을 장악했죠. 그래서 희망의 불씨가 지펴 올랐다 절망의 불씨로 스러질 수밖에요……."

사랑을 읊조리는 줄 알았더니 광주를 말하는 노래였단다. 희망과 절망이 동시에 존재하는 곡이란다. 저급 청중의 하나일 뿐인 나는 20여 년 만에야 속없이 따라 부르던 노래의 숨은 뜻을 알아채고 탄식한다. 그렇게 봄이, 5월이 마냥 부끄럽고 괴로웠던 때가 있었다. 계절의 여왕이며 가정의 달이라, 숱한 기념일에 사랑과 감사를 한꺼번에 몰아 바치라고 강요당하는 듯한 나날에도 그저 '기념'할 수 없는 슬픔 때문이었다. T. S. 엘리엇은 세계대전이 끝난 뒤 폐허의 황무지에서 "죽은 땅에서 라일락을 키워내고, 추억과 욕정을 뒤섞고, 잠든 뿌리를 봄비로 깨우는" 4월을 '잔인한 달'이라고 불렀다. 하지만 쿠데타와 학살과 정치 살인으로 점철된 우리의 5월은 4월만큼이나, 어쩌면 4월보다 더 잔인하고 참혹하다. 시간이 지났다고 하여 그 부끄러움과 괴로움을 다 잊을 수 있는가? 그야말로 부끄럽고 괴로운 일이라, 철쭉보다 붉어진 얼굴을 가리며 훌쩍 술잔을 비운다.

언젠가 한돌은 자신의 노래를 두고 "노랫말이 8할, 곡은 나머지 2할"이라고 말했다. 하고 싶은 말이, 해야 할 이야기가 많다는 것이다. 범람하는 유행가와 경박한 멜로디와 화려한 반주를 등지고 담담하게 풀어내야 할 삶의 타래들. 어쩌면 투쟁의 근거는 외부에서 찾아지는 것이 아닐 것이다. 스스로와 맞서 싸울 수 있는 사람만이 어떤 상황에서도 끝까지 싸움을 포기하지 않는다. 모든 걸 잊어버린 듯 시치미를 뚝 떼고 있는 세상도, 누가 더 뻔뻔스럽고 표독한가를 경쟁하고 있는 듯한 사람들도, 경조부박한 세대도 세태도 탓할 것 없다. 싸움은 언제나 자기로부터 시작되고 끝난다. 그리하여 어떻게 살아남아야 하나? 나 자신에게 돌이켜 물어본다.

독한 술을 나눠 마시고 헤어져 가는 백발 가수의 뒷모습이 들꽃처럼 흔들린다. 인공적으로 조성된 화단에 갇힌 꽃이 아닌 산중에 오롯이 피어난 들꽃들은 외로움을 감당하겠노라는 선언 같다. 스스로 외로워 아름다울지니, 아름다운 것들은 결코 쉽게 패배하지 않는다. 급하게 마신 술에 빨리 취했다. 쿵작쿵작 노래방 반주에 맞춰서라도 오래전 불렀던 그 노래들을 다시 부르고만 싶은 날이다.

❋

그 누가 나를 사랑한다고 해도
이젠 사랑의 불꽃 태울 수 없네
슬픈 내 사랑 바람에 흩날리더니
뜨거운 눈물 속으로 사라져버렸네
텅 빈 내 가슴에 재만 남았네
불씨야 불씨야 다시 피어라
끝내 불씨는 꺼져 꺼져버렸네
이젠 사랑의 불꽃 태울 수 없네
　　　　　─⟨불씨⟩ 중에서, 한돌 작사 · 작곡, 신형원 노래

이야기가 더해지면 옛 노래도 새 노래가 된다. 더 아프고, 더 슬
프고, 그러하기에 더 아름다운.

악비의 묘
앞에서

중얼거리다

괴테는 말했다.

"여행은 좋은 것이다."

그리고 이렇게 덧붙였다.

"…… 돌아오지만 않는다면."

하지만 나는 돌아왔다. 애당초 제자리를 찾아 돌아오기 위해 떠난 길이었다. 그런데 뜻밖에도 그 여행길이 우리 역사에서 벗어나 남의 역사의 흔적을 좇아 헤매는 일이 되고 말았다. 찜통 같은 난징의 한낮에 서성(書聖) 왕희지의 고거를 헤맬 때, 지인의 문자 한 통이 황해를 건너 날아왔다.

'DJ, 오후 1시 43분 서거!'

누군가의 교활한 수사인 '잃어버린 10년'이라는 말이 서늘하게 가슴을 꿰뚫고 지나가는 순간이었다. 호텔 방의 TV 앞에서 김대중 전 대통령의 장례식을 지켜보는 일은 낯설고 먹먹했다. 어쩌자고 현장에서 한 시대의 저물녘을 회억하지 못한 채 남의 집 불구경하듯 국제뉴스로 소식을 전해 듣고 있단 말인가? 이 부박한 생에 누군가를 만나거나 어떤 일을 겪는 것에는 반드시 까닭이 있으리라 믿는 나는, 그 후로도 한동안 이방의 땅을 떠돌며 내가 왜 이곳에 있어야만 하는지를 곱씹어 생각하고 또 생각했다.

2천 년 전 오나라와 월나라의 치열한 쟁투 속에서 복수를 부탁하고 죽은 합려의 무덤 앞에서 '뱀이 자기 머리로 자기 꼬리를 무는 것'과 같은 역사의 쳇바퀴를 상기했고, 명 태조 주원장의 효릉과 그의 물질적 후원자가 되었다가 토사구팽 당한 대부호 심만삼의 수묘 앞에서는 떠나기 전 고(故) 노무현 대통령의 인터뷰에서 읽었던 정치권력과 시장권력의 길항 관계를 떠올렸다. 역사는 장강처럼 흘러 천 년에 다시 천 년이 갔다. 제아무리 기세등등하던 황제의 권력도, 시대를 풍미한 영웅도, 미색으로 한 나라를 고꾸라뜨린 요부도 세월 속에 물거품처럼 사라져갔다. 지금도 삐걱거리는 채로 굴러가는 역사의 수레바퀴 아래서 10년은, 아니 100년은 아무것도 아니다. 찰나일 뿐이다. 풍진 속에 분분히 떠도는 티끌에 불과하다.

그럼에도 중국인들이 관우와 더불어 최고의 명장으로 숭상하는 남송의 장수 악비(岳飛)의 묘 앞에서 그 짧은 한순간이 역사 속에서 어떻게 기억되는지를 확인한다.

현실에서, 그는 졌다. 이민족의 침략에 맞서 싸우자고 주전론을 외쳤던 악비는 투옥되어 끝내 독살당했다. 당시 그의 나이는 39세였다. 한편 주화론의 선봉에서 타협을 주장하며 악비를 모함해 죽음에 이르게 한 진회(秦檜)는 20년간 재상 자리를 꿰어 차고 부귀영화를 누리다가 66세에 천수를 다했다. 역사가 그들을 심판하지 않았다면 악비는 다만 고집불통의 이상주의자일 뿐이고 진회는 명민한 현실주의자일 것이다.

　하지만 후대는 악비의 묘 앞에 진회를 꿇어앉혔다. '침을 뱉지 마시오'라는 경고판이 생뚱맞다 싶더니, 등 뒤로 포승에 결박되어 쇠창살 안에 갇힌 간신들의 철상에는 후손들이 뱉은 가래침이 흥건하다. 진회의 이마는 누가 망치로 내려쳤는지 땜빵이 되어 있기까지 하다. 수백 년이 아니라 수천 년이 흐른대도 역사의 심판은 이토록 무섭고 냉정하다. 그런데 내 마음은 왜 통쾌하기보다 착잡할까?

　'미래의 복수와 승리가 현실의 모욕과 패퇴를 보상할 수 있는가?'

　악비의 묘 앞을 서성거리며 나는 이 풀리지 않는 수수께끼를 되뇌었다. 수수께끼의 해답은 찾을 수 없었다. 하지만 끝까지 눈을 부릅뜨리라는 각오쯤은 할 수 있었다. 핍박당하는 악비와 승승장구하는 진회를 지켜보는 일마저도 피하지 않으리라 다짐할 수 있었다. 문상도 못 가고 맘껏 슬퍼하지도 못한 채, 악비의 묘 앞에서 중얼거렸다. 지켜볼 것이다. 기억할 것이다. 어쩌면 그것이 무한한 역사 앞에 유한한 인간이 할 수 있는 최선일는지도 모른다.

*

단재 신채호의 《조선상고문화사》에는 가슴이 서늘해지는 이야기 한 대목이 실려 있다.

언론과 문필로 집권 세력을 비판했던 사림파를 제거하기 위해 연산군을 충동질해 무오사화를 일으킨 유자광에게 어떤 사람이 따졌다.

"후세의 사필(史筆)이 무섭지 않으냐?"

그러자 대역의 우두머리로 규정당해 관에서 끌려나와 목이 베인 김종직을 비롯한 수많은 죄 없는 선비들의 피를 손에 묻힌 유자광은 의기양양하게 응수했다.

"누가 《동국통감》을 읽나?"

《동국통감》은 성종 때 서거정이 단군 조선에서 고려 때까지의 역사를 모아 편찬한 책이다. 즉 누가 조선사를 읽어 내 행적을 기억하겠는가 하며 안심한 셈이다.

그러하기에 역사는 외면하지 말아야 한다. 기록하고, 기억해야 한다. 두려움을 모르는 무뢰배를 심판하기 위해, 그 탁류의 시간을 거듭하지 않기 위해.

그래,
나는

386이다?!

"이거 좀 드셔보실래요?"

나와 J씨와의 인연은 그 한마디로부터 시작되었다. 솜씨도 없는 주제에 손만 커서 밑반찬 만들려다 잔치 음식 하는 지경인지라 나눠 먹을 이가 절실하던 차였다.

그때 우연히 만난 이웃의 J씨는 여러모로 나와 찰떡궁합이었다. 빈 접시를 돌려줄 수 없어 몇 차례고 별식을 만들어 주고받다보니 우리가 공통적으로 남에게 신세 지고는 못 사는 성격이며 취미와 취향까지도 비슷하다는 걸 알게 되었다. 직장이란 곳을 하루 만에 때려치우고 혼자 틀어박혀 글을 쓰던 내게 J씨는 사회에서 처음 사귄 친구나 다름없었다. 그런데 J씨의 집에 초대받아 차를 마시던 날, 나는 큰 실수를 저지르고 말았다.

"몇 학번이세요?"

나이를 묻고자 생각 없이 던진 질문이었는데 순간 J씨의 얼굴에 당황한 기색이 스쳐갔다.

"전……대학에 다니지 않았어요."

나는 정말 아무 생각이 없었다. 오로지 내 입장에서 상대를 넘겨 짚은 오만에서 비롯된 무례였다. 거듭 사과를 했지만 10여 년이 지난 지금까지도 그때를 떠올리면 얼굴이 화끈거린다. 물론 그 후로 특별한 경우를 제외하곤 다시는 누군가에게 '학번'을 묻지 않는다.

나는 '30대, 80년대 학번, 60년대 생'을 가리키는 '386세대'라는 명칭이 처음부터 껄끄러웠다. 경계와 절연을 강조하는 세대론에 찬동할 수 없을뿐더러 학생운동으로 민주화를 이끈 공을 인정한다 해도 10명 중 3명만이 대학생이던 시대에 '학번'이 세대의 표지가 될 수 없다고 생각하기 때문이다. 실로 386세대는 앞 세대에 맞서 일종의 '지분'을 확보하기 위해 강조된 바가 없지 않기에, 도종환 선생의 시구처럼 '운동한 기간보다 운동을 이야기하는 기간이 더 긴 사람'들에 의해 알리바이이거나 후일담이거나 금배지를 선사하는 논공행상의 자료가 되어버렸다.

작금엔 386이라는 말을 듣는 것만으로도 마음이 착잡하다. 이른바 변혁을 꿈꾼 이들이 사회의 중추가 되어 만든 세상이 요 모양 요 꼴이라는 사실과, 젊은 세대에게 존경받는 선배는커녕 교활하고 완강한 기득권층이라고 비판받는 현실이 부끄럽다. 강강한 현장 활동가로부터 학살자에게 세배하는 정치꾼까지의 다양한 스펙트럼을 생각하면 이제 386이란 이름으로 한데 묶일 수 있는 사람들은 더 이상 없는 듯하다. 그런데 386의 기준이 나이나 학번이 아니라 어리석지만 아름다웠던 청춘의 정신이라면?

대부분의 386은 평범한 소시민으로 살아간다. 현실과 꿈의 괴리에 고민하고 갈등하며 고군분투한다. 그렇다면 67년생 86학번으로 학창시절 학생회 활동을 했고 지금은 우림건설의 문화홍보부장으로 일하는 이상엽 씨의 경우는 어떨까?

지난 연말 '장애와 인권 발바닥 행동' 후원콘서트에서 만난 그는 선한 웃음이 인상적인 전형적인 직장인이었다. 워크아웃 중인 회사를 정상화하기 위해 땀 흘리는 한편 장애인차별금지법의 산파 역할을 했던 '존경하는' 아내를 외조하고 짬짬이 시민단체에서 자원봉사를 하느라 몸이 열 개라도 모자란 듯했다. 장애, 여성, 인권 등 그가 정기 후원하는 시민단체만도 10여 개가 넘는다.

하지만 무엇보다 인상적인 대목은 기업 이익의 사회 환원 같은 개념이 전무하다시피 했던 10여 년 전 회사에 '사회공헌팀' 설치를 제안해 책 나눔, NGO 활동가를 위한 장학사업, 문화공연 등 수많은 사업을 벌인 것이다. 그는 삶과 꿈이 만나 충돌하지 않는 좁은 길을 기어이 찾아냈다. 건강한 시민인 이상엽 씨의 명함 뒷면에는 '세상의 중심, 사람 / 사람의 중심, 사랑'이라는 글귀가 새겨져 있다. 그의 새로운 깃발이자 구호는 사람과 사랑이었다.

"아직 나는 꿈꾸고 있다. 인간, 세상, 평화, 통일 그리고 만인의 자유를. 이 땅의 소시민으로 무명의 386으로 보다 나은 세상을 매일 난 꿈꾸고 있다."

안치환의 노래 〈그래 나는 386이다〉를 가만히 따라 불러본다. 여전히 꿈꾸고 그 꿈을 부정하지 않을 수만 있다면, 십 년에 다시 십 년을 더해도 그래, 우리는 386이다!

※

실제로, 1980년대에 대학을 다닌 사람 모두가 학생운동을 했던 건 아니다. 사실, 1980년대 대학을 다니며 학생운동을 한 사람 모두가 순정했던 건 아니다. 말마따나, 1980년대 대학을 다니며 학생운동을 한 사람이라도 세월 앞에 장사 없다.

세월은, 무섭고도 우습다.
일상은, 무섭고도 우습다.
욕망은, 무섭고도 우습다.

변하고 변하지 않은 모든 것 앞에, 다만, 침묵한다. 다만, 내가 아직도 '386'이라는 이름 앞에 '움찔'하는 이유를 생각한다. 다만,

그 이름에 부끄러워하거나 뜨거워지는 이유를 가만히 들여다본다.

그래, 나는 언제까지 '386'일 수 있을까?

늦봄에
늦봄을

추억하다

방사능에 오염된 하늘에도, 죄 없는 소와 돼지가 생매장된 땅에도, 봄은 온다. 오고야 만다. 그리하여 분노와 슬픔을 다독이려는 듯 꽃이 핀다. 별꽃처럼 피어 난분분하다. 그 황홀한 꽃 잔치에 취해 양손에 주렁주렁 쓰레기봉투를 든 채로 아파트 안 공원 벤치에 걸터앉았다. 햇살이 눈부시다. 젊은 다산(茶山)이 마음 맞는 벗들과 결성한 '죽란시사(竹欄詩社)'처럼 꽃이 피었으니 한번 모이자고 소식이나 띄워볼까? 이런저런 객쩍은 생각을 하다가 재활용품 수거일을 맞아 쓰레기 분리 작업에 바쁜 청소부 아줌마, 아저씨 들께 눈길이 닿았다.

새로 이사한 아파트는 1천 호가 넘는 대단지라 경비와 청소를 담당하는 용역 업체가 분리되어 있다. 첨단의 방범 시스템을 자랑하는 경비 업체 직원들이 나름의 젊은 전문가라면 청소 업체 직원들은 날삯을 받고 일하는 늙숙한 품팔이꾼이다. 깡통과 플라스틱을 분리하고 종이박스를 정리하는 청소부들의 얼굴에는 고단한 노동의 흔적이 주름살로 자글자글하다. 뜨거운 봄볕에 아저씨들은 아예 웃통을 벗고 하얀 '난닝구' 바람으로 일하는데, 그중 한 분의 팔뚝에 뭔가 글자 같은 게 아른아른 눈에 띄었다.

누가 소설쟁이 아니랄까봐 본능적으로 머릿속에 지금의 곤궁한 삶과 대비되는 아저씨의 화려한 옛날에 대한 상상이 좌르륵 펼쳐졌다. 혹시 아저씨가 은퇴한 조폭이라면 팔뚝에 새겨진 문신은 '차카게 살자!'가 아닐까? 평생토록 잊을 수 없는 사랑의 낙인처럼 '미숙이'나 '혜영이' 같은 연인의 이름을 새긴 것은 아닐까?

도저히 궁금증을 참을 수 없어 쓰레기봉투를 버리는 척 곁눈으로 훔쳐보니 세월에 빛이 바래 푸르뎅뎅한 그 문신의 글귀는……'추억'이었다. 추억. 벤치로 다시 돌아와 한참 동안 꽃비 아래서 그 말을 곱씹었다. 아저씨가 힘겹게 무거운 종이박스를 들어 올릴 때마다 '추억'은 삐뚤거렸다. 나는 퀴퀴한 쓰레기 냄새가 풍기는 빈손을 홈켜쥐었다. 우리는 어떤 추억의 힘으로 살고 있는 것일까?

얼마 전 작곡가 류형선을 비롯한 음악인들이 한국기독교장로회 총회와 통일맞이의 제작 후원을 받아 10년 만에 재발매한 고(故) 문익환 목사 헌정 앨범 〈뜨거운 마음〉 한 장을 선물받았다. 음악에는 문외한인지라 이러니저러니 평가할 처지는 아니지만, 앨범을 듣노라니 가슴이 싸해지며 그야말로 문익환 선생에 대한 '추억'이 물밀어 들었다.

나는 그를 목사나 시인, 혹은 통일운동가로 추억하지 않는다. 역사의 평가와 세상의 평판에 상관없이 추억은 지극히 개인적인 것이기에, 나는 20여 년 전 대학 신입생 시절에 우연히 마주쳤던 모습으로 선생을 추억한다.

거리는 뜨거웠고 구호는 넘쳐흘렀고 '적'은 완강했던 시절인지라, 그날 대학로에서 열릴 예정이었던 집회의 정확한 명칭은 기억나지 않는다. 하지만 집회 장소가 원천 봉쇄되는 바람에 서울대 의과대학 교문 앞에서 약식집회를 벌이던 중 사복경찰이 연좌했던 시위대를 덮쳤다. 그리고 쇠파이프에 쫓겨 동지가 동지를 밀고 밟고 도망치는 아수라장에서 한 여학생이 사복경찰에게 잡혀 쓰러진 채 구타당하기 시작했다.

마치 정지화면처럼 아직도 눈에 선한 그 장면에, 문득 문익환 선생이 등장한다. 백발이 성성한 그가, 솔직히 말하자면 감상주의와 온정주의는 배격해야 한답시고 때로 흰 눈으로 바라보았던 목사이자 시인이, 마구잡이로 두들겨 맞는 여학생을 감싸고 사복경찰의 발길질을 대신 받는다. 죄 많은 세상을 대신해 주먹 '세례'를 받는다.

그 추억이 없었다면 "사랑을 가져라. 사랑은 지치지 않는다!"는 문익환 선생의 일갈이 지금까지 나를 흔들지 못할 것이다. 추억 속

에서 그는 감상적이고 온정적인 운동가가 아니라 감성적인 시인이
자 사랑을 몸소 실천하는 목사, 무엇보다 뜨거운 마음을 가진 인간
이므로.

생살에 바늘을 찔러 물감을 넣어 새길 만큼 간절한 추억을 가
진 이는 진정으로 복되다. 늦봄에 늦봄을 추억하며, 내 헐벗은 팔뚝
을 가만히 쓸어본다.

✳

나는 떠난 사람을 이름으로 기억하지 않는다. 그가 생전에 가
졌던 지위로도 기억하지 않는다. 그가 남긴 업적이 아무리 빛날지
라도 그것은 진열장에 전시된 박제에 불과하다. 그가 상속한 재산
이나 그의 자손이 낸 상속세는 나와 완전히 무관하다. 그의 이름을
딴 건물이나 그의 형상에 구릿빛을 입힌 동상은 그가 아니다.

다만 시시때때로 되살아나고 이따금 눈물과 미소로 기억되는
것은 그의 삶, 오욕과 영광과 풍운과 비운과 번민과 고통으로 좌충
우돌하는 삶에서 그와 잠시 잠깐 스쳐갔던 순간이다.

떠난 후에도 누군가에게 기억되고 싶다면, 더 많이 살지어다.

남기고 가져갈 것은 오직 추억뿐이다.

삶을,
들어 올리다

"등이 휠 것 같은 삶의 무게여⋯⋯!"

라디오에서 흘러나오는 노래 가사가 문득 궁금증을 자아낸다. 왜 삶의 고달픔은 넓이나 높이나 부피가 아닌 무게로 표현되는 걸까? 좁고 작기보다는 무거운 삶, 그것은 아마도 삶을 '짐'으로 여기는 데에 뒤따르는 표현일 테다.

"무겁죠?"

"무겁죠."

중학교 2학년 때 역도를 시작해 9년간 선수 생활을 하고 있는 한국체육대학 유준호 선수가 씩 웃으며 답했다. 하지만 그에게 역도는 유일한 꿈이자 마지막 희망이란다.

"무겁죠?"

"…… 무겁죠."

선수 생활 15년과 국가대표 10년을 거쳐 남자대표팀을 훈련시키는 고광구 코치는 담담하게 말했다. 역도를 하지 않았다면 어릴 적부터 꿈꾸던 마도로스가 되었으리라는 그의 이야기를 듣는 순간, 내 눈앞에는 너울이 이는 먼바다와 눈부신 청새치 떼가 휙 지나갔다.

"무겁죠?"

우연히 런던올림픽을 6개월여 앞둔 태릉선수촌의 역도대표팀을 취재할 기회를 얻으면서, 나는 선수들에게 이 멍청하고도 잔인한 질문을 꼭 하고 싶었다. 자기 체중의 너덧 배에 가까운 무게를 들어 올리기 위해 하루에만 4만 킬로그램 이상의 바벨을 들고 내리는 그들에게, 손목과 허리와 무릎을 작신작신 내리누르는 중력에 홀연히 맞서는 신비를 묻고 싶었다. 그토록 무거운 숙명과 어떻게 맨몸뚱이 하나로 맞서는지.

"물론, 무겁죠. 하지만……."

1975년에 역도를 시작해 선수와 지도자로 30여 년을 살아온 김기웅 여자대표팀 감독이 대답 끝에 말꼬리를 달았다.

"가벼울 때도 있어요. 충분한 훈련과 감정 조절로 몸과 맘의 상태가 좋을 때는 무게가 느껴지지 않을 정도로 가볍기도 합니다."

평생을 바벨과 씨름하며 신기록의 환희에서 부상과 슬럼프의 절망까지 고루 맛본 그의 말은 자신이 지금껏 들어온 어마한 무게

만큼이나 신중했다. 역도는 말 그대로 힘으로 도(道)를 닦는 일이다. 다른 종목과 달리 전신 근력을 쓰는 운동의 특성상 역도 선수는 이틀에서 사흘 이상은 쉴 수 없다. 언제나 근육이 긴장되어 있는 상태를 유지하지 않으면 200킬로그램을 드는 선수도 단 50킬로그램의 바벨에 다칠 수 있기에, 역도는 성실과 인내로 오로지 자신에게 오롯이 집중해야만 하는 일이다. 오랫동안 자신을 들여다본 사람은 깊고 넉넉하다. 역도 선수들이 대부분 내성적이면서도 유머러스한 성격을 지닌 것 또한 끊임없는 훈련의 결과인 듯싶다.

3년쯤 지나면 선수의 몸은 자연스레 운동에 적합하도록 길들여진다. 그 다음부터 자기 관리라는 진짜 싸움이 시작된다. 매일 들어도 바벨은 무겁다. 하지만 들면 들수록 무게를 견딜 만큼 근육이 만들어지고 관절이 강화된다. 단에 오르면 봉밖에는 아무것도 보이지 않고 아무 소리도 들리지 않을 때까지, 그리하여 천근만근의 쇳덩이가 깃털처럼 가볍게 느껴질 때까지, 그들은 버틴다. 침묵과 집중 속에서 자신을 벼린다. 어쩌면 역도는 삶과 많이 닮은 운동 경기일지도 모른다.

태산 같은 짐 앞에서는 누구나 아득해진다. 그런데 꿈이 무어냐고 묻는 내게 유준호 선수는 무거운 짐은 어떻게 들어야 하는지를 제대로 가르쳐주었다. 그는 '미래의 꿈'이란 건 없다고 했다. 바벨의 무게를 조금씩 늘여 목표를 하나하나 이루어가는 데 익숙하기에, 꿈은 오직 그의 발치에 놓여 있다고.

그는 다시 씩 웃고는, 얏, 눈앞의 삶을 번쩍 들어 올렸다.

＊

나는 온몸으로 삶을 웅변하는 운동선수들을 존경한다. 그들은 허튼 변명 따윈 하지 않는다. 구구한 설명도 하지 않는다. 변명이나 설명이 필요해질 때, 그들은 이미 운동에서 가장 멀어져 있다(이를테면 약물 복용과 승부 조작 혐의 같은 것을 해명할 때―그들은 얼마나 초라하고 나약해 보이는가?).

어떤 소박하고 단순한 것이라도, 아무러한 미미하고 하잘것없는 것이라도, 궁극으로 치닫노라면 마침내 빛나는 한 지점에 닿는다. 그것은 바로 삶, 그 자체! 한겨울에도 땀방울을 뚝뚝 흘리며 묵묵히 제 몫의 무게를 들어 올리는 역도 선수들의 응전을 보며, 욕심과 도전, 체념과 겸허의 좁다란 간극을 가늠해본다.

나는 무엇을 얼마나 들어 올리고, 무엇을 얼마나 내려놓을 수 있을 것인가?

들 수 없는 돌은

들지 않는 것

그것이 진정한 힘이다

감당할 수 없는 것은

들지 않는 것

그것이 진정한 힘이다

— 한명희, 〈역도 선수〉 중에서

《내 몸 위로 용암이 흘러갔다》, 세계사, 2005)

꽃,
꽃이,

꽃이로구나

초여름의 태백산은 우글우글한 나무와 도글도글한 꽃 천지다. 겨우내 삭정이 같았던 나무들이 저마다 잎을 돋워 생령을 주장하고, 언 땅을 뚫고 오르기에 너무 여려 더욱 애틋한 꽃들이 곳곳에서 눈망울을 반짝거린다.

'이름 모를' 것들은 있을지언정 '이름 없는' 것들은 없다. 공원관리사무소에서는 친절하게도 나무마다 안내판을 걸어놓고 "이름을 불러주세요!"라고 부탁한다. 층층나무, 당마가목, 회나무, 노린재나무, 사스래나무, 시닥나무……. 부탁대로 그들의 이름을 속삭이노라니 가슴이 문득 푸르러진다. 사람의 마을에선 좀처럼 보기 어려웠던 야생화들과는 숲 해설가인 길벗의 도움을 받아 통성명한다. 금강애기나리, 개별꽃, 홀아비바람꽃, 노랑무늬붓꽃, 큰앵초…….

풀숲에 숨은 작은 꽃들은 숨을 고르고 몸을 낮춰야 볼 수 있다. 아는 만큼 보이고 사랑하는 만큼 이해한다.

종전에 내가 가졌던 꽃에 대한 태도를 생각하면 때아닌 꽃 타령이 열없긴 하다. 가차 없이 말하자면 꽃은 속씨식물의 생식기관에 다름 아니라고 냉소하며, 꽃바구니 선물 앞에서 "꽃보다 사과!" 혹은 "꽃보다 멸치!"를 두덜거리기도 했다. 힘들여 노작하는 화훼 농가에 미안한 것을 제외하면 이런 건조한 실용주의를 반성할 마음도 별로 없었다. 꽃이 의미하는 열망과 호기심과 희망이 삶에 어떤 위로가 되는가를 깨닫기 전까지는.

앞서 〈모든 순간이 꽃봉오리인 것을〉이란 제목으로 소개했던 사연의 주인공, '부미방(부산 미국문화원 방화 사건)'의 주역이자 《밥 딜런 평전》의 번역가이자 내겐 곱고 다정한 언니였던 작가 김은숙이 열흘 전 마침내 세상을 떠났다(2011년 5월 24일). 수술로도 손쓸 수 없는 말기 암으로 시한부 6개월을 선고받았지만 주위의 응원에 힘입어 두 달 가량을 더 견디고 갔다.

덤받이와 같았던 그 두 달 동안 지인들은 안타까운 마음에 후원 행사를 열기도 했지만 낯가림이 있는 나는 그저 조용한 작별 인사를 하고 싶었다. 그런데 막상 병원으로 찾아가는 길에 나는 좀 당황했다. 아무것도 언니를 위해 가져갈 게 없어서, 무엇으로도 마지막 순간을 목전에 둔 이를 위로할 수 없어서. 외로울 것이었다. 분노, 억울함, 슬픔이 사라진 자리에 남은 것은 오직 지독한 외로움뿐

일 것이었다.

　그래서 꽃을 샀다. 복국을 사다 줘도 두어 숟갈밖에 뜨지 못하고 책을 가져가도 읽지 못할 터이기에, 꼭두새벽부터 꽃집의 문을 두드려 프리지어 한 다발을 샀다. 언니는 그것을 내가 건넸던 어떤 선물보다 좋아했다. 병실에 꽃병이 없어 탁자 위에 그냥 놓아두려니 기어코 꽃을 꽂아두고 보고 싶다며 난데없는 고집까지 피웠다. 면목동 주택가엔 꽃병을 파는 가게가 없었다. 꽃병 비슷한 거라도 찾으려고 골목골목을 헤매노라니, 언니가 떠나면 아마도 이것이 가장 선명한 추억이 되리라는 생각에 장례식에서도 나지 않은 눈물이 왈칵 솟았다.

　그때부터 헤어지기 얼마 전까지 우리는 시시때때로 꽃을 주고받았다. 아파트 화단에 제일 먼저 맺힌 목련, 산책길에 눈처럼 흩날리던 벚꽃, 길섶의 제비꽃과 소백산 자락에서 만난 현호색까지. 휴대폰 카메라로 사진을 찍어 문자로 전송하면 언니는 병석에서도 삶의 신호를 보내왔다. 마지막으로 내가 받은 답장은 '푸른 꽃 현호색, 비몽사몽 빛이구나!'였다.

　꽃, 꽃이, 꽃이로구나…… 이진명의 시구를 가만히 중얼거린다. 별안간 꽃이 사고 싶은 것, 그것이 꽃 아니겠는가…… 시인은 그렇게 가난한 마음을 위로한다. 꽃은 언제고 피었다 지고 다시 피기 마련이기에, 이별이라고 다 슬프지 않다. 언젠가는 우리 모두 꽃밭에서 만날 것이기에.

＊

꽃, 꽃이, 꽃이로구나

꽃이란 이름은 얼마나 꽃에 맞는 이름인가

꽃이란 이름 아니면 어떻게 꽃을 꽃이라 부를 수 있었겠는가

별안간 꽃이 사고 싶다

꽃을 안 사면 무엇을 산단 말인가

별안간 꽃이 사고 싶은 것, 그것이 꽃 아니겠는가

— 이진영, 〈젠장, 이런 식으로 꽃을 사나〉 중에서

《세워진 사람》, 창비, 2008)

별안간 꽃이 사고 싶을 때 문득 떠오르는 사람이 있다면 그 순간은 더욱 꽃이리라. 먼저 떠나 지금쯤 꽃밭에서 쉬고 있을 이의 평화를 빈다.

선생님은
어디로

가셨을까?

한국작가회의에서 보낸 문자 메시지를 받은 것은 산행 도중 임도와 면한 고개에서 점심거리인 컵라면을 막 받아들었을 때였다.

'소설가 박완서 회원께서 영면하셨습니다.'

뜨거운 라면 국물이 흔들려 출렁댔다. 컵라면을 내려놓고 믿기지 않는 그 내용을 다시금 확인했다. 선생이 가셨다. 헐벗은 산자락을 망연히 바라보는 사이 라면이 다 익었다. 선생이 떠나셨다. 그럼에도 갈 길은 멀고 넘어야 할 산은 높고 여기서 열량을 보충하지 않으면 남은 산행이 버거울 것이었다. 자동인형처럼 뚜껑을 열고 나무젓가락을 들었다. 언젠가 내가 이 세상을 떠난 그날에도 누군가는 살겠노라고 이렇게 불어터진 면발을 빨고 있을 테다.

재바른 지인들이 전날 조문을 다녀왔다기에 폭설이 내리는 길을 홀로 나섰다. 영정 속의 선생은 생전처럼 조쌀하고 숫접은 모습으로 웃고 계셨다. 가난한 문인들에게는 부의금을 받지 말고 대접하라는 유지를 기억해 선생께 마지막으로 얻어먹는 밥을 꾸역꾸역 밀어 넣다가, 문득 지금껏 한 번도 문인들의 장례식에서 눈물을 흘리지 않았다는 걸 떠올렸다. 분루를 삼키지 않는 한 좀처럼 울지 않는 건 냉심한 성정 탓인지 모르겠지만, 같은 운명에 매였던 이들과의 이별은 단순히 슬픔이나 아쉬움으로 표현할 수 없는 묘한 감정으로 다가온다.

별꽃같이 노란 국화에 묻힌 이윤기 선생을 뵈었을 때도, 천연스레 웃고 있는 임동헌 선배의 영정 앞에 섰을 때도, 박경리 선생이나 이청준 선생 같이 사적인 기억은 없지만 외따로 흠모하던 분들의 부고를 들었을 때도 그랬다. 김남주 선생이나 이문구 선생이 돌아가셨을 때까지만 해도 장례식장에서 만취해 공연한 멱살잡이를 하며 설움을 한풀이하는 문인들이 왕왕 있었건만 작금의 조문객들은 얌전하고 유순하다. 다만 마음속에서 출렁이는 야릇한 상실감을 가눌 길 없어 시시풍덩한 농지거리를 주고받으며 허허롭게 웃는다.

글쟁이의 삶은 고단하다. 운이 좋아 살아생전에 재능과 노고를 인정받은 이나 불운하여 보상도 받지 못한 이나, '필승'을 외치며 폭주해야만 살아남을 수 있는 전쟁터 같은 세상에서 '필패'할 수밖에 없는 문학을, 예술을 운명으로 받아들인 이들은 하나같이 외롭고 가난하다. '재수 없으면 100살'이라는 저주 어린 축복의 말이 유행하는 고령화 사회에서도 소설가들의 평균 수명은 64세, 시인들은 한술 더 떠서 62세란다. 기진맥진한 듯 부랴부랴 떠나는 돌연한 영이별도 서럽지만, 부음이 들린 바로 그날 대형 서점에서 설치한 '박완서 특별전' 매대에서 평소보다 몇 배의 책이 팔렸느니 어쨌느니 하는 뉴스는 기막히다 못해 역겹다. 왜 작가가 살아 있을 때는 읽지 않던 책이 죽었다니까 갑자기 궁금해지는가? 박완서 선생이 그 천박하디천박한 생난리를 보셨다면 뭐라고 하셨을까?

그러한 맥락에서 장르는 다르지만 궁핍과 소외만큼은 크게 다르지 않은 시나리오 작가 최고은의 사망 소식은 슬프기보다 아프다. 문화 예술은 이윤을 창출하는 사업이기에 앞서 그 자체로 값지고 귀한 사회적 자산이다. 100만 부를 파는 한 명의 작가보다 1만 부를 파는 100명의 작가가 더 필요한 것은 작가의 수만큼 다양한 세계가 확장되기 때문이다.

그러나 세상의 숱한 모욕에도 불구하고 나는 작가로서의 운명을 사랑한다. 하나둘 떠나는 선생들을 눈물보다는 미소로 배웅할 수 있는 건 그들이 고통만큼 행복했음을 알기 때문이다. 임동헌 선배가 이청준 선생의 장례식에 다녀와 쓴 글의 마지막 문장은 "선생님이 어디로 떠난 것인지 알고 싶다"였다. 나는 선생들이 영영 떠나시지는 않은 것 같다. 바람 좋고 햇볕 고운 산골짝 어느 마을에 감쪽같이 숨어 모여 계실 것만 같다. 박완서 선생은 꽃을 가꾸시고,

이윤기 선생은 술을 자시고, 임동헌 선배는 그 모습들을 사진에 담고……. 그곳에서까지 소설 쓰기 같이 험한 일은 하지 않으시길 비는 한편, 언젠가 나도 졸작 한 편 품에 안고 그 마을의 말석에 숨어들길 바란다.

다시 만날 그때까지 선생님, 부디 편히 쉬시길…….

✳

먼저 간 사람과 같은 곳으로 간다는 건 아마 틀림이 없을 것이다. 그곳이 허(虛)든, 무(無)든, 신의 섭리든 간에 그곳으로 비상을 하든지, 추락을 하든지, 빨려들든지 할 것이다. 설사 그 순간에 우레와 같은 깨달음이나 쾌감이 예비돼 있다고 해도, 느낀 것을 기억하고 표현할 수 있는 육신이 없는 대오각성이 무슨 소용이란 말인가. 죽음이 무서운 것은 기억의 집인 육신이 소멸한다는 절대로 변경될 수 없는 사실 때문이고, 내가 육신에 집착하는 것은 영혼이 있다는 것을 못 믿어서가 아니다. 영혼이 있으면 뭐하나, 육신이 없는데 내가 사랑하는 사람을 무슨 수로 알아보나 싶어서다…….

―박완서, 〈왜 사느냐고 물으면〉 중에서

《박완서 문학 길찾기》, 세계사, 2000)

고단한 운명을 기어이 견디고 나면, 육신은 물론 영혼마저 없어도 우리는 만날 것이다. 눈빛과 미소까지도 모다 사라진 그곳에서도 피붙이의 징그러움 같은 운명의 결속만은 선연할지니. 그 헛된 희망조차 없다면 어찌 허(虛)보다 무(無)보다 때로 더 허무한 이생을 앙버틸까. 좀 있다 뵈어요, 선생님…….

꿈은 승리보다는
패배 속에 더욱 선연하다.
내가 여태껏 젊은 날의 꿈을
잊지 못하고 있는 것은
그것을 이루지 못했기 때문이고,
싸움에서 졌기 때문이고,
절망과 패배 속에 지독하게
아팠기 때문이다.
젊은 날엔 아픔도 슬픔도
꿈을 일구는 거름이 된다.
아픔이 두렵고 슬픔이 꺼려져
더 이상 아무것도 꿈꾸지 않는
비겁한 불모의 시기가 오기 전에,
모쪼록 더 많이 패배하고
마음껏 절망하길!

3부

사랑은 맛있다

우리 엄마가
달라졌어요

평소 텔레비전을 자주 보는 편은 아니지만 화요일 저녁을 차릴 무렵이면 전원을 켜게 만드는 프로그램이 있다. 미국의 리얼리티 쇼 〈내니 911〉의 한국판이라 할 수 있는 〈우리 아이가 달라졌어요〉가 바로 그것이다.

시작 화면은 대개 긴박한 음악과 함께 찢어지는 울음소리와 비명, 요란한 소음으로 출발한다. 곧이어 떼쟁이, 욕쟁이, 심술쟁이, 악동, 울보, 응석꾸러기, 눈치꾸러기……. 온갖 별종 아이들이 등장해 가지가지 떼를 쓰며 말썽을 피운다. 하지만 시청자가 짜증을 내며 채널을 돌리지 않는 까닭은 이 지옥 같은 상태가 곧 완전히 다르게 변하리라는 기대 때문이다. 격렬하게 울며 발버둥질하는 아이를 다리 사이에 끼우고 진정될 때까지 힘으로 '제압'하는 전문가의 훈육 방식과, 집 안 곳곳에 설치된 카메라를 통해 아이의 '이유 없는 반항' 뒤에 숨겨진 반드시 '이유 있는 상처'를 밝혀내는 모습을 지켜보는 재미가 쏠쏠하다.

아무리 어르고 달래고 당근과 채찍의 방법을 총동원해도 막무가내인 말썽꾼들 앞에서 쩔쩔매는 젊은 부모들을 보면 안타깝고도 안쓰럽다. 나 역시 아이를 키우며 그 시절을 지나온 엄마로서 일차적으로 공감과 연민이 생긴다. 텔레비전에 제보할 정도로 심각한 문제는 없었지만 아이를 키우는 일은 정말 힘들었다. 지금까지 수천 년 동안 수많은 여자들이 당연히 해낸 '생물학적·역사적·사회적 숙명'에 왜 너만 호들갑에 엄살이냐고 야단친대도 소용없었다. 적어도 내게는 그것이 인생에서 처음 겪는 일이었고, 오롯이 혼자 감당해야 할 일이었기 때문이다.

나는 아이로 인해 내가 얼마나 모성애가 강하고 희생적이며 헌신적인가…… 를 확인했다기보다, 아이를 통해 내가 얼마나 이기적이고 나약하고 무능력한 존재인가를 깨달았다. 아이는 시시때때로 나를 시험에 들게 했고, 나는 지면서 배웠다. 그것은 애초에 이길 수 없는 싸움, 기꺼이 지기 위해 하는 싸움이었기 때문이다.

아이가 그토록 떼를 부리고 말썽을 피우고 온 집안의 골칫덩이가 된 이유는 언제나 하나다. 엄마가 문제다. 그 아이를 낳아 기르는 일차 양육자인 엄마의 책임이 가장 크다. 아이들은 죄가 없다. 엄마가 제대로 사랑하고 돌보고 가르치지 못했기에 아이는 상처를 견디지 못해 그토록 부대끼는 것이다.

그런데 문제를 유발시킨 '나쁜 엄마'만을 비난하기에는 상황이 그리 단순하지 않다. '나쁜 엄마'는 제대로 양육 방법을 모르는 무지로부터 비롯되기도 하지만 근본적으로 그녀 자신의 삶에 문제가 있기에 나타나기 때문이다. 나쁜 엄마 뒤에는 대개 나쁜 아빠, 무심하고 이기적이며 방관자처럼 아이의 교육을 몽땅 엄마 책임으로 돌리는 아빠가 있다. 그리고 이 나쁜 아빠보다 더 나쁜 것은, 이처럼 고립된 채 불행한 엄마에게 현실적인 모성 보호는 해주지 않으면서 환상 속의 모성애만을 강요하는 세상이다. 이것은 결코 무지하고 나약하고 나쁜 엄마 개인의 문제가 아니다. 그 엄마의 아이가 결국 세상의 아이, 곧 '우리 아이'이기 때문이다.

사실 프로그램의 제목으로는 〈우리 아이가 달라졌어요〉보다 〈우리 엄마가 달라졌어요〉가 더 잘 어울린다. 엄마가 행복해야 아이가 행복하다. 엄마들이 좀 더 행복해지는 방향으로 엄마들의 삶이 달라져야만 아프고 슬픈 우리 아이들이 달라질 수 있다.

＊

'엄마'라는 이름은 아름답고도 무겁다. 아이가 처음 입을 오물거려 '엄마'라는 말을 터뜨렸을 때의 황홀하고도 신비한 기분은 말마

우리 엄마가 달라졌어요

따나 필설로 다 할 수 없다. 하지만 순간 덜컥 겁이 났던 것도 사실이다. 한 생명의, 존재의, 삶의 무게가 오롯이 내 어깨에 얹히는 듯했다. '양육'이라는 행위가 먹이고 재우고 입히며 돌보는 것에 제한되지 않기에, 세상이 요구하는 '인간의 조건'이 커지면 커질수록 많아지면 많아질수록 '엄마'라는 이름은 더욱 무서운 무엇이 되어간다.

엄마의 불안이 아이의 불안이다. 엄마의 공포가 아이의 공포다. 엄마의 고통이 아이의 고통이다. 아픈 아이들이 점점 더 늘어간다. 그것은 아픈 엄마들이 점점 많아진다는 증거와 다름이 없다. 아이들의 병을 고치기에 앞서 욕망에, 경쟁에, 갈등과 소외감에 아픈 엄마들의 치유가 필요하다. '엄마'라는 이름이 굴레나 족쇄가 되지 않기 위해서는 '엄마'이기 이전의 그녀들이 행복해져야 한다. 그래야 비로소 '엄마'가 세상을 인식하는 첫 번째 말로서 오롯이 아름다워질 수 있다.

무적초딩의
현주소

아이가 초등학교를 졸업하고 중학교에 입학했다. 내 기억 속에는 여전히 그를 처음 만났던 날이 선연한데, 벌써 열네 살이란다. 더 이상 엄마의 손을 놓칠세라 종종걸음 치던 어린애가 아니란다. 아이가 주먹을 옥쥐고 눈을 부릅뜨고 말대꾸를 하기 시작했다. 몇 마디 잔소리에 식탁에 컵을 탕탕 내려놓고, 제 방문을 쾅 닫고 들어가버린다. 몸의 성장 속도를 따라 좇지 못하는 마음, 치기와 혼동되는 미숙한 열정, 시시때때로 회오리바람처럼 그를 휘젓는 불균형한 욕망까지……. 아, 바야흐로 질풍노도, 주변인, 이유 없는 반항의 사춘기가 왔다. 전국의 사춘기 아들딸을 둔 엄마들과 함께 이 고통의 축제를 만끽하리라!

이 조숙한 아이들의 초등학교 졸업식 풍경이 부모 세대와 전혀 닮지 않은 건 당연한 일이다. 엄마가 사진을 찍어주는 것마저 '쪽팔려' 하며 고개를 모로 꼬는 아이 때문에 속상했던 마음이, 부모가 건네는 꽃다발마저 받지 않으려고 투덜대는 다른 아이를 보며 얄궂게도 위로받는다. 이마에 여드름이 돋기 시작하고 변성기에 접어들어 목소리까지 걸걸한 그 녀석은 사진기 앞에서 "집에 가서 찍자니까!"라고 소리친다. 졸업 기념사진을 집에 가서 찍자니, 이보다 더 황당할 수 없는 까탈에 붉으락푸르락하는 부모의 얼굴은 동병상련의 심정 때문에 차마 똑바로 쳐다볼 수 없다.

이처럼 천하에 제어할 자 없는 '무적초딩'들이 주인공이 될 미래는 어떤 모습일까? 아이들이 졸업장을 받는 동안 졸업식장 대형 스크린에는 아이들의 스냅 사진과 좌우명, 장래희망 따위가 일일이 영상으로 게시되었다. 잘못하면 미래에는 세상에 온통 환자와 죄지은 자들이 넘쳐나겠다. 하지만 의사와 판검사, 변호사가 되겠다는 아이들의 호기는 차라리 애교스럽다. 슬그머니 풀이 죽은 듯 적힌 '회사원'이라는 장래희망은 왠지 마음을 짠하게 한다. 좌우명도 제각각이다. '먹어야 산다!'라는 지극히 원초적인 욕망의 선언으로부터, 도대체 어디서 들었는지 '대학 가서 미팅 할래, 공장 가서 미싱 할래?'라는 씁쓸한 협박성 잠언까지.

그런데 빠르게 슬라이드 영상이 지나가는 가운데 가장 많이 발견되는 좌우명이 있다. 그것은 다름 아닌 '피할 수 없다면 즐겨라!'.

다시 한 번 이들의 나이를 상기한다. 아이들은 열네 살이다. 이상과 현실 사이에서 고민하는 스물네 살도, 인생의 몽근점을 추스르는 마흔네 살도 아닌, 열네 살. 그들이 도망치려도 도망칠 수 없고 피하려도 피할 수 없어, 끝내 어금니를 질끈 물고 즐기는 체라도 해야 하는 것들은 대체 무엇일까? 그처럼 힘들고 재미없는 일이라면, 아직은 어디로든 도망치고 때로는 피해 보호받아야 할 아이들이 아닌가?

3월 10일로 예정되었던 '일제고사'가 31일 이후로 미뤄졌다고 한다(2009년). 하지만 여전히 출제범위가 어디부터 어디까지인지, 새 학기 수업도 제대로 진행되지 않은 상태에서 '수준'을 평가하여 그 결과를 어디에 써먹겠다는 건지, 아이들도 모르고 부모들도 모르고 교사들조차도 잘 모르는 것 같다. 그럼에도 부모들은 정체 모를 불안에 아이들을 꾸역꾸역 학원으로 몰아대고, 학교와 교육청은 애꿎은 운동부원들을 시험에서 제외하고 성적을 조작해서라도 그놈의 '수준'을 높이려고 한다. 거짓의 모범을 보이고, 기만을 가르친다.

이 무섭고 잔인한 서열화의 광풍을, 피할 수 없다면 즐겨야 할까? 졸업식장에 메아리치던 축사가 이제 본격적인 입시 경쟁의 문턱에 들어선 아이들의 모습에 오버랩 된다. 축하의 말은 공허하고, 무적초딩들은 슬프도록 비장하기만 하다.

*

　'무적초딩'을 졸업시킨 것이 엊그제 같은데, 얼마 전 아이가 '중딩'에서 벗어났다. 그 사이 나와 아이는 이른바 '제도권 교육'에서 탈출해 과외와 학원이 없는 '배움의 공동체'에서 행복한 시간을 보냈다. 아이가 중학교 졸업식에서 받은 상은 3년 개근상과 '존 레논 상'이었다. 선생님들이 써주신 상장의 문구는 이러하다.

　"아름다운 목소리로 부르는 혜준이의 노래는 늘 우리를 설레게 했습니다. 우리들에게 일어나는 여러 일들을 노래로 만들어 노래가 곧 삶이고 시가 된다는 것을 알려주기도 했습니다. 생활에 지친 우리에게 활력과 아름다움을 준 혜준이의 삶과 노래를 칭찬하며 우리들의 마음을 모아 이 상을 드립니다."

　시끄럽다고 엄마의 잔소리를 들었던 아이의 노래가 '시상 내역'이 되었다. 도무지 즐길 수 없기에 기어코 피하길, 참 잘했다.

성선설을
믿어볼까?

        행복은 현재진행형이다. 바로 지금, 여기서 행복하라! 그 진실만은 가르치고 싶었기에, 아이를 이끌고 낯선 동네로 이사했다. 가파른 산언덕에 자리한 대안학교가 허울뿐인 공교육과 미쳐버린 사교육에서 벗어나 가쁜 숨이나마 토해낼 수 있는 유일한 희망이었다.

    소설가 하성란은 이것을 보고 맹자의 어머니가 살아 있다면 나와 닮았으리라고 우스갯소리를 했다. 맹모삼천지교를 염두에 두고 한 말일 터인즉, 내가 그 여인과 닮았는지는 알 수 없으나 정작 내 아들은 아성(亞聖) 맹자보다 '맹한 아들'에 더 가깝다는 것을 인정할 수밖에 없다. 자식 자랑은 불출이라면서도 누구라 할 것 없이 슬금슬금 제 자식 자랑을 입 밖에 흘리기 마련이지만, 나는 의외로

공평무사해서 그런 게 잘되지 않는다. 아이는 그저 평범하다. 어린이집에서 줄다리기를 하다가 자기편이 이기는데도 줄을 잡은 채 울음을 터뜨렸을 만큼 경쟁 자체를 싫어한다. 결정적으로 사내아이의 자신감과 친교에 큰 영향을 미치는 운동신경이 둔해서 스트레스를 많이 받는다.

그래서 입학한 지 얼마 지나지 않아 체육대회가 열린다는 소식을 듣자 나도 모르게 긴장이 되었다. 줄지어 하는 집단체조와 서열의 도장을 팔뚝에 쾅쾅 찍어주는 100미터 달리기가 열리는 운동장 한구석에서 먼지를 뒤집어쓴 채 나뭇가지로 땅이나 파고 앉은 아이를 보며 속상했던 기억이 다시금 떠올랐기 때문이다. 그래도 엄마를 보면 좀 위로가 될까 싶어 만사를 불구하고 부랴부랴 학교로 달려갔다.

사실 나는 기질적으로 비관주의자라 맹자의 성선설보다는 순자의 성악설을 믿고, 기대가 없어야 실망하지 않는다는 생각으로 마음을 도사리곤 한다. 공교육에서 벗어나 사교육 포기 각서까지 쓰고 아이를 대안학교에 보낼 때에도 엄청난 것을 바라지 않았다. 유토피아는 애당초 없다. 사람 사는 곳이라면 어디나 갈등과 상처가 있기 마련이다. 나는 다만 조금 덜 다치고 조금 더 사랑하길 바랐을 뿐이다.

처음 참관한 대안학교의 체육대회는 지금까지 내가 보아온 것들과 전혀 달랐다. 아이들이 '준비위원회'를 만들어 전적으로 주도

한 그것에 교사들의 모습은 거의 보이지 않았다. 어른들 말은 지지리도 안 듣는 아이들이 선배 말이라면 깜빡 죽었다. 통제 없이도 질서 정연하게 아이들은 열심히 놀았다.

그중에서도 나를 가장 감동시킨 장면은 피구 경기를 하는 아이들의 모습이었다. 어쨌든 팀별 경쟁이니 승부욕이 없을 리 없다. 상대팀을 이기기 위해서는 기량이 뛰어난 아이들이 주축이 되어 경기를 주도할 수밖에 없다. 그런데 공격과 수비가 이어지던 중, 공격을 하게 된 아이들이 잠시 공을 잡고 멈칫댄다.

"야! 쟤 아직 공 안 던져봤어. 이번엔 쟤한테 기회를 줘!"

아이들이 공을 돌리고 있었다. 한 번도 공을 잡아보지 못하고 뒷전에서 어물쩍대는 친구들에게, 남들보다 좀 못한다는 것이 부끄럽지 않도록. 그들은 승부보다 더 중요한 것이 배려와 존중이라는 것을 알고 있었다. 그들은 지성과 교양을 겸비한 성인들이 아니었다. 내가 농담조로 반인반수(半人半獸)라고 부르곤 하는 질풍노도기의 남자 중학생들이었다. 그제야 비로소 나는 교육이, 교육 환경이란 것이 얼마나 중요한가를 깨달았다. 그리고 내 아이가 아닌 '우리 아이들'이 얼마나 어여쁜지 가슴 뭉클하게 느꼈다.

현실의 분노와 고통 속에서, 그래도 아이들이 희망이다. 오늘 괜한 삽질을 하면 내일 아이들이 메워야 하고, 오늘 물러서면 내일 아이들의 행군이 길어진다. 이제부터 생각을 바꾸어 성선설을 믿어볼까 한다. 우리의 미래와, 그 알알한 희망이란 이름을.

삶의 족적과 사상을 톺아볼 때 대단히 엄격한 사람이라 여겨지는 플라톤이 《국가》를 통해 제시한 교육은 이른바 '대안교육'의 이상과 얼마간 비슷한 형태를 띠고 있다. 플라톤은 과감히 가족을 해체하고 아이들을 공동으로 양육할 것을 주장하면서, 아이들을 오로지 축제와 놀이와 노래와 장난 속에서 키우고자 한다. 플라톤이 아이들에게 바라는 바, 교육의 이상은 아이들이 스스로 즐기는 법을 충분히 배우는 것이었다.

잘 놀아야 잘 큰다. 잘 놀아야 잘 배운다. 잘 놀아야 잘 산다. 며칠 전 '고딩'이 된 아들놈은 지금 비 내리는 놀이터에서 친구들과 술래잡기를 하며 잘 놀고 계시다. 그들만의 다른 삶, 다른 세상을 위해서는 엄마들만 잘 참으면 된다. 잘 놀며 크지 못한 엄마는 오늘도 어금니를 꾹 물고, 플라톤만 믿는다.

사랑은
맛있다

아이들의 학교가 방학을 하면 엄마들의 극기 훈련소는 개학을 한다. 해가 중천까지 솟도록 늦잠을 자는 아이를 두들겨 깨우느라 난장판을 벌이고, 삼시 세끼 먹을거리를 대느라 손에 물 마를 날이 없고, 자력으로 헤어나지 못하는 컴퓨터 게임을 중단시키고 다붙어 쌈박질하는 형제자매를 떼놓으려 목청을 높이다 성대결절이 될 지경에, 체력과 인내심과 자제력의 과목에서 낙제를 할 형편이다.

그런 상황에서 쫓아내다시피 보낼 학원조차 대안으로 갖지 못한 대안학교의 방학은 더욱 길기만 하다. 말이 좋아 '자기 주도 학습'이지 '자기'가 어떤 존재인지조차 알 수 없어 갈팡질팡하는 사춘기 아이들에게는 자유가 곧 방종이 되어버리기 십상이다. 암만 아이를 믿고 기다려야 한다고 마음을 다잡아도 폐인 꼴로 널브러져 세월아 네월아 농땡이 치는 녀석을 보면 세상 부모의 숙명인 잔소리가 절로 늘어진다. 그래서 반농반진으로 말하곤 한다. 대안학교의 선생님과 학부모는 대안적일지 모르지만 아이들은 그저 아이들일 뿐이라고.

그저 아이들인 그들은 대안학교의 장점이자 허점인 자율성을 활용해 하고 싶은 것만 하고 하기 싫은 것은 절대 하지 않는다. 더구나 올해 학교가 내세운 방침인 '호연지기'에 역행해 '에너지의 내면화'를 모토로 삼은 우리의 중학교 2학년들은 분출하는 리비도(Libido)를 억제하지 못해 여기저기서 좌충우돌이다. 말대꾸는 필수요, 무력 충돌은 기본이요, 어른들의 눈을 피해 어른들을 흉내 내는 일탈은 선택이다. 성실히 과제를 제출하고 학교 행사에 참여하는 것도 '쪽팔리고', 체험이다 기행이다 하여 우르르 몰려다니는 것도 '모양 빠진다'.

이런 아이들을 위해 고심 끝에 부모들이 여름방학 프로그램으로 내놓은 것이 '록(Rock) 음악의 세계', '아이스크림 만들기', '목공체험' 등이었다. 우리 딴엔 부담 없이 재미있게 참가하기만 하면 될 듯한 것들이었지만 이조차 동상이몽인지 참가율이 기대에 썩 미치지 못했다.

그런데 이때, 아무리 '가르침을 놓는' 방학이라지만 그래도 뭔가 깨닫고 얻는 교육적 효과가 있어야 마땅할 듯한 강박과 엄숙

주의에 사로잡힌 부모들을 제대로 한 수 가르치는 것이 있었으니, 바로 철학 과목을 담당하는 2학년 팀장 유봉인 선생님이 계획한 '맛집 기행'이었다. 세 차례에 걸쳐 닭요리, 냉면, 감자탕을 맛있게 하기로 소문난 식당들을 탐방하는 일정인데, 식재료와 양념의 관계에 대해 논할 것이 아닌 바에야 입만 달고 가면 고스란히 즐길 수 있는 프로그램이었다. 흥행에는 역시 원초적 본능을 자극하는 것이 최고라는 동서고금의 진리를 확인시키듯 이 계획이 그야말로 대박을 쳤다!

학년 전체 인원 60명 중 연인원 50명에 달하는 참가자를 기록한 이 프로그램은 교육적 효과는 둘째 치고 오로지 '함께한다'는 목표가 빚어낸 놀라운 성공이었다. 아니, 도무지 그 제각각인 비위를 맞출 수 없을 것만 같던 주변인들이 '맛'을 중심으로 속속 모여든 것보다 더 큰 교육적 효과가 어디 있는가? 방학 내내 얼굴 한 번 보지 못한 친구들을 식당에서 만났다고 즐거워하는 아이를 보며 경직되고 구태의연한 내 생각을 새삼 반성했다.

식도락가인 유봉인 선생님은 음식 맛도 맛이지만 삶과 사랑의 맛을 아는 분이다. 교사가 되기 전 의문사진상규명위원회 조사관으로 이른바 '인혁당 재건위 사건'의 진실을 파헤쳤던 선생님은 그 자신이 고문 피해자이기에 무엇보다 폭력을 경계하신다. 선생님의 표정은 언제나 평화롭다. 지각을 하는 아이들에겐 벌로 비타민 C를 먹여주신다. 선생님보다 더 큰 덩치들이 덜 여문 마음을 다쳐 쩔쩔

맬 때 양팔을 벌려 그들을 안아주신다. 뜻밖의 '스킨십'에 처음에는 화들짝 놀라 밀쳐내던 아이들도 학기말 즈음엔 슬그머니 그 어깨를 감싸 안는다니, 사랑은 그토록 강하다. 달콤하고 매콤한 닭볶음탕으로 배를 불린 아이가 마루에 누워 늘어지게 부르는 감칠맛 나는 노래처럼, 사랑은 맛있다. 아무리 먹어도 질리거나 물릴 리 없다.

✳

인터넷 게시판에 어느 학부모가 스캔해 올린, 이른바 '학교 폭력'을 예방하기 위해 제시된 모 초등학교의 '공통생활규칙'을 보고 충격과 공포에 빠졌다.

'화장실 용무 이외에는 복도에 나가지 않는다.'
'교실 밖을 나가더라도
3명 이상 모이지 않고
30초 이상 만나지 않고
3문장 이상 이야기하지 않는다.'
(333규칙의 굵은 글씨와 밑줄은 내가 임의로 표시한 게 아니라 원본에 인쇄된 것이다.)

교실 안에 꼭꼭 숨어 있으면 모든 것이 안전할까? 3명이 모여 30초 이상 3문장 이상 이야기를 나누지만 않으면 폭력, 따돌림, 갈취가 사라질까? 전체주의 국가의 감시제도에서나 본 듯한 항목이 버젓이 '생활규칙'으로 초등학생들에게 제시되는, 여기가 정말 정상적인 사회인가? 저 문장, 저 문장을 만든 사람, 저 문장으로 아이들을 교육하는 사람들에게는 눈곱만큼의 '사랑'도 없다. 아이들을 성장시키는 것은 오로지 사랑과 관심뿐일진대, 고립과 굶주림에 대한 강요보다 더 큰 폭력은 없다.

어른인 내가 감당하기에도, 너무 아픈 강편치다.

'X라'
슬픈 습관

점심 약속에서 돌아오는 길이 마침 인근 학교의 하교 시간과 겹쳤다. 터진 보자기에서 쏟아진 햇콩 같은 아이들로 일순 주위가 떠들썩해졌다. 삼삼오오 무리 지어 팔짱을 낀 계집애들은 종달새처럼 '솔' 음으로 지저귄다. 사내애들은 자전거 페달을 힘껏 밟아 깃발처럼 펄럭거리며 달려간다.

햇살은 따갑지만 바람은 소슬하다. 아무러한 시절에도 이렇게 계절은 바뀌고 아이들은 자란다. 모두가 참으로 예쁘고 사랑스러워 한참을 우두커니 바라보았다. 솜털이 보송한 붉은 뺨과 실핏줄이 비치는 말간 살갗, 나풀거리는 아이들의 머리칼에는 하나같이 바닐라 향이나 딸기 향이 묻어 있다. 위태롭기에 더욱 달콤한 성장의 시간.

그런데 굳이 엿들으려 하지 않아도 소란스러워 들을 수밖에 없는 아이들끼리의 대화 사이사이에 왠지 이물감이 느껴진다. 열네댓 살 아이들이 나누는 대화래야 학교와 학원과 어제 본 텔레비전 프로그램과 연예인에 대한 군소리 따위가 전부인데, 그 모두를 꿰는 이음말이자 추임새가 한결같이 'X라'다. 몇몇만 쓰는 것도 아니고 거의 모든 아이들이 아무런 거리낌 없이 앞다투어 쓰노라니 뒤따라 걷는 내 귀에는 '졸X졸X졸X……' 시냇물이 흐르는 것만 같이 들린다. 좋아도 싫어도 'X라', 맛있어도 멋있어도 슬퍼도 아파도 'X라' 그렇단다.

이미 연구 결과는 '청소년의 73.4퍼센트가 매일 욕설을 사용'하고 '욕설을 쓰는 청소년 중 58.2퍼센트가 초등학교 고학년 때 처음 시작'했다는 보고서를 내놓고 있다. 그리고 입을 모아 천박하고 폭력적인 언어 환경으로부터 청소년들을 보호하기 위해 언어 순화 교육을 강화해야 한다고 성토한다.

그런데 그 훌륭한 어른들께서는 어린 시절 단 한 번도 욕을 하지 않은 착한 아이셨는지 모르지만 별로 착하지 않은 아이였던 나는 지금 욕하고 욕먹는 아이들이 낯설지 않다. 우리 때는 'X발'을 주로 썼는데 요즘은 'X라'가 대세인 것이 다를 뿐이다. 다만 문제는 우리 때의 욕이 비 올 때 떨어지는 낙숫물 정도였다면 지금은 마르나 궂으나 졸졸 흐르는 시냇물 같다는 것이다. 청소년 세대에 유행처럼 욕설이 번지는 이유를 그들 또래인 아들아이에게 물으니 두 번도 생각 않고 대답한다.

"습관이지!"

하지만 어떤 아이도 "기저귀가 젖어서 X라 불편해!"라든가 "이 이유식은 X라 맛있어!"라고 말하며 크지 않는다. 말은 사회적 표식이기에 특정한 말의 범람에는 사회적 원인이 없을 수 없다. 기실 그들의 시기에 내가 욕을 했던 이유는 강하게 보이고 싶어서였다. 거칠다는 것과 강하다는 것을 혼동했기에 거친 쌍소리를 쓰면 강해진 듯한 착각에 우쭐했다.

지금 아이들의 욕설 문화 역시 또래 집단 내에서 우월성을 확보하려는 경쟁적인 과시의 측면이 있다. 실은 강해 보이고 싶다는 것 자체가 턱없이 약하다는 증거다. 청소년기를 관통하는 심리는 한마디로 '불안'이다. 조금씩 싹트기 시작한 나만의 나를 지키고 싶지만 그럴 수 없다는 무력감과 통제에 대한 거부감으로 고슴도치처럼 온몸에 가시를 돋우는 것이다.

정작 그 욕의 망측한 뜻을 아는 아이는 거의 없다. 그럼에도 더 많은 아이들이 욕으로나마 자신을 방어하려는 것은 그만큼 세상이 그들의 불안을 부추기고 있다는 반증일지도 모른다. 철저히 서열화한 학교와 무자비한 학원 사이를 뺑뺑이 돌며 아직도 '맞을 만한 짓'을 하기에 때려야겠다는 어른들의 으름장에 시달리는 아이들에게 자해적인 무기인 욕이라도 없다면 무엇으로 불안과 맞선단 말인가?

파김치가 되어 학원 버스에서 내리는 아이들이 누구에게인지 모르게 나지막이 내뱉는 'X라' 소리가 숨통을 틔우려는 마지막 절규처럼만 들린다.

✳

아침 7시 반부터 밤 10시까지 학교에 붙잡혀 있는 일은 'X라' 힘들다.

짙은 갈색으로 염색했을 뿐인데 머리를 지휘봉으로 툭툭 얻어맞으면 'X라' 기분 나쁘다.

시험 성적이 떨어지면 세상이 다 무너질 듯 한숨 쉬는 부모가 'X라' 지겹다.

학교가 끝나도 학원을 뺑뺑이 돌아야 하는 일은 'X라' 끔찍하다.

학교에서 주 5일 수업을 한다니 'X라' 발 빠르게 학원에 토요일 강좌가 생겼다.

게임도 영화도 소설책도 친구도 보지 말고 오로지 공부, 공부만 하라니 'X라' 답답하다.

그래봤자 공부 잘하는 놈들 들러리나 서며 병풍으로 사는 신세가 'X라' 후지다.

그러다가는 '지잡대' 나와 취직도 못한 '루저'가 되리라는 세상의 저주가 'X라' 재수 없다.

　　　·

　　　·

　　　·

　　X라!

값싼 꿈,
아름다운 착각

'아이돌(Idol)'이라는 영어 단어의 뜻이 '우상'이라는 건 몰라도 빅뱅, 샤이니, 2PM, 2NE1, 브라운 아이드 걸스, 유키스 같은 난해한 이름에 무람없이 열광한다. 부모의 생일 같은 건 기억할 리 없어도 온유 오빠의 생일과 제시카 누나의 스케줄은 줄줄 왼다. 바야흐로 아이돌 시대, 아이돌의 천국이다. 텔레비전은 이미 오래전 그들에게 접수당했고, 광고 등을 통해 장외에서 그들이 행사하는 영향력도 막강하다. 아이돌 그룹이 주최하는 팬 미팅은 대형 체육관을 빌려야 가능할 정도이고, 그마저 뽑혀 가지 못해 울며 엎어지는 아이들이 수다하다.

'어른'들은 아이돌 그룹, 외래어 표기법에 따르면 '아이들 스타'로 적어야 한다는 그들에게 열광하는 청소년들을 염려한다. 여성

커뮤니티 사이트에는 팬픽에 빠져 성적이 곤두박질친 아들딸을 근심하는 엄마들의 글이 종종 올라온다. 사회문화적 시각에서 감각적, 말초적, 상업적인 대형 기획사의 아이돌 스타 양산을 우려하는 목소리도 작지 않다.

하지만 그 '청소년'의 엄마이기도 한 나는, 직접 호되게 당해보지 않아서 하는 말인지도 모르겠지만, 아이돌 스타에 열광하는 아이들을 무작정 질시하며 비난할 수는 없다고 생각한다. 물론 나 역시 '비틀즈'에 빠져 벌써 몇 해째 아침부터 밤까지 시간 날 때마다 비틀즈의 음악을 듣고 비틀즈의 연대기를 읽고 폴 매카트니의 '사망설'을 추적한 인터넷 사이트들을 섭렵하는 아들놈 때문에 복장이 터질 때가 없지 않지만, 인정한다. 충분히 이해할 수 있다. 십 대 청소년기, 아니 혹은 이십 대 청년기를 아이돌 '오빠'와 '누나'들에 빠져 지낼 수밖에 없는 그들만의 복잡하고도 단순하고, 순수하고도 앙큼한 마음을.

한국 최초 아이돌의 등장 시기와 그 정체성에 대해서 약간의 논란이 있을 수는 있겠지만, 대중음악 장르에 무지한 내 입장에서 용감하게 이야기해보면, 내가 그들의 나이일 때에도 나름대로 대중음악계의 '우상'은 있었다. 친구들은 '전영록 파'와 '조용필 파'로 나뉘어 (사실은 아무런 의미도 없는) 신경전을 펼쳤고(나는 '써니 언니' 이선희를 좋아하는 나름의 비주류였다), 정작 그들이 출연한 영화나 드라마는 본 적 없으면서도 '소피 마르소'와 '피비 케이츠'와 '브룩 쉴즈' 중에 누가 제일 예쁘냐 하는 문제로 치열한 논쟁을 벌이기도 했다. 이제는 아픈 이름이 되어버리고 만 '마이클 잭슨'을 흉내 내어 옥상에서 신발 바닥이 닳도록 문 워크 댄스를 추어대던 친구들이 있는가 하면, '용필 오빠'를 만나겠노라고 대담하게 서울 가출을 시도했다가 시외버스 터미널에서 학생 주임 선생님께 덜미를 잡혀 돌아온 아이도 있었다.

내게는 한창 '문학병'에 걸려 정신 못 차리던 시기였기에 어쩌면 진정한 나의 아이돌은 시인과 소설가 들이었는지도 모른다. 하지만 불안과 미성숙과 우둔의 시기에 나는 간절히 친구를 갖고 싶었고, 그들과 소통하고 싶었다. 그래서 잠깐이나마 친구들처럼 들떠 친구들과 함께 몰려다니며 브로마이드를 사들이는 '빠순이' 노릇을 흉내 내기도 했다. 입시와 경쟁에 찌든 제도 교육과 숨 막히는 사회문화적 통제 속에서 넘쳐나는 사춘기의 에너지를 퍼부을 곳을 찾지 못해 이리저리 방황할 때, 아이돌 스타들은, 우리의 환상적으로 멋지고 근사했던 '누나'와 '오빠' 들은 가장 값싸게 살 수 있는 꿈이자 고통스러운 현실에서 비현실로 도피하는 데 유용한 아름다운 착각이었다.

아이들은 언젠가, 반드시 어른이 된다. 값싼 꿈과 아름다운 착각을 부끄러워하거나 시시하게 여기게 되는 때가 오고야 만다. 그때 추억할 어리석고 어설프지만 순진하고도 앙큼했던 격정마저 없다면, 대체 삶이 무슨 재미란 말인가?

✳

'요새 젊은것들'에 대한 통탄의 역사는 가히 유구하다. 고대 폼페이의 폐허에서 발견된 유물이나 원시 동굴벽화에도 그 글귀가 새겨져 있다는 주장은 믿거나 말거나 설이지만, 인터넷 '뉴스 라이브러리'를 통해 보면 1920년대 신문에서부터 현재까지 주구장창 '요새 젊은것들'에 대한 기사가 검색된다. 거의 백 년 전이나 지금이나 '요새 젊은것들'은 한결같이 '싸가지'가 없고 경망스럽고 허파에 바람이 잔뜩 들어가 있다.

그런데 반드시 '요새 젊은것들'의 곁에는 그 꼴을 혀를 끌끌 차며 못마땅하게 바라보는 어른(이라고 쓰고 '꼰대'라고 읽는다)들이 존재한다. 어른이 비판에 앞서 스스로를 반성하고 성찰한다면, 꼰대는 다짜고짜 비난하며 훈계하려 든다. 그리하여 어른과 꼰대의 가장 큰 차이점은 기억력 — 언젠가 싸가지 없고 경망스럽고 허파에 바람이 잔뜩 들어간 '요새 젊은것들' 중 하나였던 자신을 까마득히 잊은 것뿐일지도 모른다.

마음을
잃은

아이들

아들아이가 초등학교에 다닐 때였다. 목욕을 돕다가 아이의 손바닥이 발갛게 부푼 것을 발견했다. 잘못을 저질러 선생님께 회초리로 맞았단다. 엄마가 가진 체벌에 대한 트라우마 때문에 순간적으로 이성을 잃을 뻔했지만 아이 스스로 잘못했다니 정황부터 알아보기로 했다.

"우리 반에 ○○이라고 있는데, 걔가 좀 엉뚱해서 아이들한테 놀림을 당하거든. 그걸 선생님이 아시고 ○○이를 괴롭히는 데 가담한 사람은 다 나오라고 해서 나도 나가서 맞았어."

자식 겉 낳지 속은 못 낳는다더니, 내 아들이 '왕따'의 가해자가 되었단 말인가? 화나고 놀라서 네가 정말 ○○이를 괴롭혔냐고 따져 물으니 아이가 눈물을 뚝뚝 흘리며 대답했다.

"내가 직접 놀리진 않았지만…… 다른 아이들이 놀리는 걸 그 냥 구경했어. 그러니까 나도 ○○이를 괴롭히는 데 가담한 거잖아."

현명한 엄마가 되는 길은 멀고도 험해라! 나는 또다시 말문이 막혔다. 아이들은 오직 경험을 통해 가치와 선악과 우열의 구분법을 학습한다. 그러하기에 최초의 교사, 엄마로 대표되는 양육자의 태도가 중요하다. 아이가 흙을 만지면 어떤 엄마는 단박에 "지지!" 라고 외치며 사납게 손을 낚아챈다. 그럴 때 아이에게 흙과 땅은 더러운 것으로 인식되기 마련이다. 놀이터를 오염시키는 애완동물이나 야생동물의 배설물과 기생충, 각종 유해 세균을 걱정하는 마음은 알겠지만, 애초에 흙을 '지지'로 학습한 아이에게 자연에 대한 호기심과 생명의 소중함을 가르치기는 힘들 수밖에 없다. 사람 사이의 일은 더욱 어렵고 복잡하다. 나는 혼란스럽고 불편한 채로 아이의 솔직한 고백을 칭찬하고 방관의 태도를 꾸짖었다. 최소한 너는 구경만 했으니 아무 죄도 없다고 말할 수는 없었으므로.

피해자를 구제해야 한다는 목소리가 높다. 가해자를 격리해야 한다는 원성이 들끓는다. 하지만 상처 입고 상처 입힌 아이들은 사건의 당사자만이 아니다. 그토록 끔찍한 잔혹극이 교실 한구석에서 버젓이 펼쳐지는데도 침묵하는 방관자이자 공범이 될 수밖에 없었던 나머지 아이들의 존재가 어쩌면 더 무섭고 슬프다. 때로 가해자의 등 뒤에서 잔인한 쾌감을 즐기다가 돌아서 불의를 외면하고 폭력에 복종했다는 굴욕감에 괴로워하며, 아이들은 점차 마음을 잃어가고 있는 것이다. 사람이 사람을 이해하는 데 가장 중요한 타인의 고통에 공감하는 마음과, 비겁을 떨치고 용기를 내어 그것을 표현하는 마음의 힘을.

나쁜 아이들이 갑자기 많이 태어난 것이 아니다. 나쁜 세상이 아이들을 점점 망가뜨리고 있을 뿐이다. 지금 아이들은 비명을 지르고 있다. 살려달라고 아우성치고 있다.

함께 백두대간 종주를 했던 길벗 중 어느 중학교의 '학주(학생 주임)'인 교사가 있었다. 중간고사와 기말고사 때면 그녀는 시르죽은 얼굴로 도망치듯 산에 왔다. 집에서 부모에게 쪼이고 학원에서 압박당한 아이들이 스트레스와 분노를 학교에서 터뜨리는 바람에 평소보다 사건 사고가 서너 배 이상 일어난다는 것이었다. 친구를 때리고 물건을 훔치고 유리창을 깨면서 발버둥질해야만 배겨낼 수 있는 압박 속에서 아이들의 일탈은 가학적이자 피학적일 수밖에 없다.

"아이들을 어떻게 해야 할지 모르겠어요. 어디까지 껴안고 어디부터 내쳐야 할지 도무지 알 수가 없어요."

아이들이 아프다. 세상이 아프다. 아이들이 마음을 잃었다. 세상이 텅 비었다. 아프고 텅 빈 그들을 징계하고 훈시해봤자 별반 소용없다. 아이들은 부모의 말이 아니라 뒷모습을 보고 배운다는 말이 새삼스럽다. 아이들이 잔인하고 가혹해질수록 어른들이 만든 이 잘난 세상의 편견과 냉담과 이기심이 명징해질 뿐이다. 눈시울이 화끈하고 뒤통수가 뜨끔하다.

"어떤 학문에 대한 책이건 일종의 추리소설, 즉 어떤 종류의 성배를 찾는 탐구 보고서처럼 써야 한다"는 움베르트 에코의 말에 자극을 받아 한때 열심히 추리소설과 범죄 심리학 서적에 심취했던 적이 있다. 그런데 반사회적 인격장애, 일명 사이코패스에 대해 공부하는 동안 전체 인구의 약 1퍼센트로 추정되는 그들에 대한 이해와 분석이 나머지 99퍼센트에게도 매우 쓸모 있다는 것을 알게 되었다.

반사회적 인격장애의 원인은 유전적인 요인이 많은 것으로 알려져 있지만, 뇌의 세로토닌 전달 기능 문제보다 더 확실한 증거는 환경적인 요인—유년 시절부터 양육자의 학대, 착취, 폭력, 유기를 지속적으로 경험한 경우—이다. 동서고금을 통틀어 정상적이던 사람이 35세를 넘어서면서 갑자기 사악하고 파괴적인 살인자로 전락한 사례는 없다. 최초의 양육자에게서 정서적 따뜻함을 경험하지 못한 채 자신이 이 세상에서 다른 사람들과 함께 살고 있다는 것을 배우지 못한 아이는 철저히 세상을 자기중심적으로 이해한다. 타인과 기쁨은 물론 고통까지도 공감하지 못하기에 고립된 이기주의자는 거침없이 끔찍한 범죄를 저지른다. 서울대학병원이 제공한 네이버 질병·의료 정보에는 그 예방 방법을 이렇게 적어놓았다.

"양육 과정에서 폭력이나 착취, 학대를 경험하지 않도록 해야 한다. 그 외에 특별한 예방법은 없다."

'가해자'로 불리는 대부분의 아이들은 사이코패스가 아니다. 지극히 평범한 내 아이, 내 아이의 친구다. 다만 그들은 세상의 폭력과 심리적 착취와 경쟁주의의 학대에 고스란히 노출되어 있을 뿐이다. 진정한 가해자는 폭주하는 이 세상, 그리고 이곳에서 '함께' 살고 있는 우리 모두이다.

엄마를
강요 마

낡은 운동화가 수명을 다하여 새 신발을 사기 위해 장보기에 나섰다.

"어머니! 이 제품이 이번에 새로 나온 거랍니다. 인체공학적 기술로 만들어 아주 편해요!"

"어머니! 이것도 한번 신어보세요. 한국인의 발 모양에 맞게 설계한 신제품이랍니다!"

남의 발을 제 발처럼 걱정해주는 직원들에게 옷깃을 잡혀가며 매장을 돌아다니노라니 싹싹한 접대에는 황공하기 그지없으나 슬그머니 호칭이 귀에 거슬린다. 물론 내가 첫사랑에 실패하지만 않았어도 그네들같이 장성한 아들딸이 있을 나이가 되었음은 부정할 수 없으나, 어머니라니, 일개 잠재 고객에 불과한 내게는 지나치게 과잉한 이름이다.

언제까지는 '학생'이나 '아가씨'로 불렸다. 그러다 한동안은 '아줌마'와 '사모님'이 뒤섞이다가, 언제부터인가 '어머니'로 불리기 시작했다. 이것도 나름대로 유행인가보다. 식당에서도 상점에서도 다들 나를 '어머니'란다. 젊은 직원들만이 아니라 나보다 연상으로 뵈는 분들까지도 '어머니'란다. 그처럼 아름다운 이름으로 불리니 기분은 나쁘지 않지만 왠지 어색하고 불편한 건 어쩔 수 없다. 물건을 사주고 밥 먹어줘서 고맙다는 이유만으로, 왜 내가 당신들의 '어머니'여야 하는데?

IMF 구제 금융 시절의 '아버지 열풍'을 연상시키는 작금의 '어머니 열풍'이 내게 썩 개운치 않게 느껴지는 것도 '어머니'를 빌미로 범람하는 호객 때문인지 모른다. 이해는 한다. 몸과 맘이 외롭고 고단한 시절에는 누구라도 아이처럼 무조건적인 사랑을 갈구하는 것을. 자식을 위해 손발톱이 빠져라 고생한 부모님의 이야기를 들으며 눈물이 핑그르르 돌지 않을 사람은 별로 없다. 새로울 거라곤 하나 없는 진부한 이야기라도 조몰락조몰락 문학이며 연극이며 영화로 그럴듯하게 가공해놓으면, 울고 싶은데 얼뺨 맞는 격으로 웬만하면 어무이 아부지를 부르며 엎어지게 마련이다. 나 또한 어디다 내놓아도 빠지지 않을 불효녀의 한 사람으로서 도의상이라기보다 양심상, 후퇴한 여성 캐릭터일망정 함부로 '어머니'를 비판하기는 어렵다.

하지만 '어머니' 타령을 하는 사이에 나도 어느새 '어머니'가 되었다. 가난과 사회적 불평등을 양어깨에 걸머지고 고군분투했던 어머니들이 당신들처럼 살지 말라고 희생과 헌신을 불사하며 키워낸 딸들이 누군가의 어머니가 된 것이다. 그런데 문제는 시대가 바뀌고 세대가 교체되었음에도 여전히 막강한 위력을 발휘하며 재생산되는 '어머니 판타지'다. 그에 따라 희생과 헌신이라는 가치는 기묘한 방식으로 재창조된다. '앞산 노을 질 때까지 호밋자루 벗을 삼던 어머니는 아이들을 이 학원에서 저 학원으로 실어 나르고 있다. '자나 깨나 자식 위해 신령님 전 빌고 빌'던 어머니는 우리 아이 수능 잘 보게 해달라고 부처님과 예수님 옷자락을 붙잡고 백일기도를 바치고 있다. 이토록 모지락스런 욕망의 전쟁터 속에서도 '학처럼 선녀처럼' 살아야 한다는 부담에 짓눌린 여성들은 아예 어머니가 되기를 포기하고 있다.

세상에 공짜는 없다. 물질적인 대가를 요구하는 건 아니라 하더라도, 자식에 대한 부모의 희생과 헌신도 마찬가지다. 나는 아이가 '어머니'인 나를 생각하며 부채 의식을 느끼지 않길 바란다. '어머니'이기 이전에 여자이고 인간인 나를 이해하길 바란다. 한 인간의 희생이 다른 인간의 성장에 밑거름이 된다는 건 슬프고도 거룩한 진리다. 그러하기에 '어머니'가 지갑을 틀어쥔 고객이나 참회의 대상이 아닌 다만 슬프고 거룩한 운명을 지칭하는 이름이길 바란다. 그러니 제발 어머니를 강요 마시라. 어머니는 '환상 속의 그녀'가 아니다.

＊

　모성(母性)이 본능인가 학습인가는 21세기의 오늘날까지도 시시때때로 제기되는 논쟁거리다. 하지만 출산 이후 다량 분비된 옥시토신 호르몬이 평생토록 '어머니'라는 이름의 희생과 헌신을 가능케 한다는 건 아무래도 억지다짐 같다. 뇌하수체 후엽 호르몬 중의 하나인 옥시토신의 별칭은 '사랑의 묘약'이다. 신뢰와 애정과 부드러운 소통에 큰 영향을 미치는 것이 분명하지만, 호르몬의 작용을 논하기에 앞서 애초에 사랑은 무서운 양면성을 가지고 있다. 고통과 환희, 욕망과 희생, 좌절과 희망을 그 짧은 한마디에 모두 품고 있기에.

　사랑이, 모성애가 의무가 될 때 그 양면성은 더욱 무거워진다. 사랑을 주는 어머니와 사랑을 받는 자식이 독립적인 존재로 동등하게 사랑하지 못하면 죄책감과 부채 의식으로 서로 뒤엉킨다. 옛사람이 시조에서 노래한 '다정도 병'인 지경이다. 그리하여 나는 비록 그것이 내가 세상에서 얻은 것 중에 가장 아름다운 이름일지라도, 세상이 믿어 의심치 않는 무조건적 사랑과 거룩한 희생과 맹목적인 헌신의 화신인 '어머니'로는 불리고 싶지 않다.

꿈을 찾는
꿈을 꾸는

젊은 벗들에게

대학 입학 합격증을 받으러 간 날, 학생회관 로비에서는 〈광주 학살 고발 사진전〉이 열리고 있었다. 교문 앞에서는 연일 시위가 벌어지고, 봄바람에 실려온 최루탄 가스에 매운 눈물이 절로 흘렀다. 처음부터 작정했던 일은 아니었다. 하지만 어느새 내 손에는 도서관 대출카드 대신 짱돌이, 책 대신 정치 유인물이 들려 있었다.

후회는 없었다(지금도 없다). 다만 몇 가지 개인적 손실이 없지는 않았다. 소위 대학 생활의 낭만이라는 건 전혀 경험하지 못했고, 부모님과 불화했고, 명동성당에서 단식 투쟁을 하느라 교직 이수 신청을 하지 못해 교사 자격증도 포기했다. 연애도, 공부도, 문학까지도 '사치'였다. 그렇다. 나는 이른바 '386세대'의 막차를 타고 대학 시절을 보냈다.

공치사를 늘어놓자는 게 아니다. 부귀영달을 바란 일도 아니고 운동으로 공명심을 충족하려는 마음은 털끝만큼도 없었다. 다만 은밀히 소망했던 한 가지는, 미래의 주인공이 될 다음 세대에게는 이런 처참하고 처절한 현실을 물려주고 싶지 않다는 것이었다. 마음껏 공부하고 마음껏 사랑하고 마음껏 행복할 수 있도록, 세상의 불합리가 사라지고 사회가 진보하기를 소원했을 뿐이었다.

그로부터 20여 년이 흐르고, 얼마간 세상이 변했다. 바란 만큼은 아니지만 분명한 성과는 있었다. 있다고 믿었다. 그런데 내가 그토록 행복하기를 바랐던 후대는 내가 그렸던 모습이 아니다. 비정규직에 불안정한 삶을 사는 청년 노동자들의 미래상이 '88만원 세대'란 이름으로 제시되었을 때, 나는 마음속의 바벨탑이 무너지는 것 같았다. 독재 때문이 아니라 돈 때문에 사랑을 못한단다. 오로지 '스펙'을 쌓아 취업문을 통과하는 것이 목표라 학문의 탐구와 예술의 향유 따윈 포기했단다. '헬리콥터 부모'들이 수강 신청부터 학점까지 일일이 챙겨도 높디높은 '부의 세습'의 벽은 넘을 수 없단다. 일찍부터 서열화를 경험한 젊은 벗들의 얼굴에는 깊은 패배감의 그늘이 드리워져 있다. 취업이 안 되면 언제까지 빌붙어야 할지 모르니 부모에게 함부로 저항할 수도 없고, 부자가 아닌 부모가 원망스럽기도 하다.

그 많은 문제들 중에서도 내 마음을 가장 아프게 한 것은 고려

대학교 학생 김예슬이 자퇴를 하며 공개한 대자보 중 "스무 살이 되어서도 꿈을 찾는 게 꿈이어서 억울하다"는 대목이었다. 사회에 의해, 부모에 의해, 타인에 의해 이식된 꿈이 아닌 자신만의 꿈을 찾는 일, 그보다 더 중요한 삶의 문제가 어디 있단 말인가?

어쩌면 젊은 벗들에게 힘보다는 짐이 되는 '기성세대'가 된 채, 나는 그래도 그녀의 글 마지막 문단에서 희망을 읽었다.

"누가 강한지는 두고 볼 일이다!"

그렇다. 내가 고통스럽지만 황홀했던 젊음을 통과할 수 있었던 것도 바로 그런 오기와 믿음 덕분이었다. 아직 꿈을 찾기를 꿈꾸고 있다면, 스무 살이 아니라 언제라도 아주 늦은 건 아니다. 싸움은 언제나 깨달은 그 자리에서 시작이다. 몸은 늙었지만 마음은 절대 늙지 않았다고 우기고 싶은 철부지 선배로서, 부디 젊은 벗들의 분투를 빈다.

＊

'젊은 벗들'이라고 부르지만 이제 거의 자식뻘이다. 하지만 아직도 아들딸과 같은 젊은이들에게 잔소리를 하기보다는 그들과 같이 잔소리꾼 부모들에게 덤벼들고 싶은 건 주책일까 철없음일까?

꿈은 구속에 대한 저항 속에서 생긴다. 저항 속에서 자신의 진짜 욕망과 실체를 발견하면서 생긴다. 그러하기에 젊음은 싸움이다. 그것도 달걀로 바위를 치고 맨땅에 헤딩을 하고 맨발로 바위를 차는, 승부가 뻔한 깨지고 터지는 싸움이다.

꿈은 승리보다는 패배 속에 더욱 선연하다. 내가 여태껏 젊은 날의 꿈을 잊지 못하고 있는 것은 그것을 이루지 못했기 때문이고, 싸움에서 졌기 때문이고, 절망과 패배 속에 지독하게 아팠기 때문이다. 젊은 날엔 아픔도 슬픔도 꿈을 일구는 거름이 된다. 아픔이 두렵고 슬픔이 꺼려져 더 이상 아무것도 꿈꾸지 않는 비겁한 불모의 시기가 오기 전에, 모쪼록 더 많이 패배하고 마음껏 절망하길!

삶과
상처의

후배들에게

　　　　　　　동쪽 변방에 자리한 고향으로 가는 마지막
고개에서는 항상 멀미가 난다. 이제는 아흔아홉 굽이 구절양장 대
신 산을 뻥뻥 뚫어 낸 8차선 대로를 따라가는 길인데도 그렇다. 나
고 자란 샤오싱(绍兴)을 배경으로 숱한 명작들을 쓰고도 때로 "신
이 노하여 홍수로 쓸어가버려도 좋다"고 저주를 퍼붓던 루쉰처럼,
고향에 대한 애증은 끝없이 탈출을 꿈꾸었던 이단자의 숙명일까.
흔들리는 추억 속에 그리움과 환멸감이 뒤엉켜 어지럽다.

　　이번 귀향길이 더욱 어수선한 것은 20여 년 전의 나를 만나러
가기 때문이었다. 전교조 지부가 주최한 강연회에서 내가 만날 이
들은 일주일 전 대학수학능력시험을 치른 수험생들. 해방감과 허탈
감, 그 모순된 감정의 경계쯤에 있을 그들에게 무슨 이야기를 해야

할까. 꼭 그들 나이였을 때의 내 모습을 생각하면 할 말이 없을 듯, 무수히 많을 듯도 싶었다.

나는 그곳에서 이른바 '명문' 학교를 졸업했다. 하지만 스스로 자부하는 명문이 아닌 남이 부여한 명문의 타이틀을 얻기 위해 우리는 청소년기를 온통 저당 잡혀야 했다. 끝없는 시험과 교실 앞 복도에 게시된 1등부터 꼴등까지의 이름이 빼곡히 적힌 두루마리, 몽둥이찜질과 단체 기합과 수치심을 자극하는 욕설, 평균 점수가 떨어졌다는 이유로 흙바닥에 한 시간 동안 꿇어앉았다 일어났을 때 벌목된 나무처럼 쿵쿵 쓰러지던 친구들을 나는 아직도 선명하게 기억한다. 성적이 오르는 만큼 맷집과 반항심은 비례하여 졸업할 때쯤엔 학교 쪽으로 고개조차 돌리기 싫었다.

그토록 오랫동안 고교 비평준화 지역으로 남았던 고향에 내후년부터 평준화가 시작된다고 한다. '명문' 학교의 일부 동문들이 그 결정에 반대한다는 말도 들리지만, 나는 후배를 성적의 높낮이로 구분해 차별할 생각이 없다. 사회 진화의 어떤 단계에서는 경쟁을 통한 엘리트주의가 효력을 발휘할지 모르지만 그보다는 서열화를 통해 잃는 것들이 훨씬 많다. 적어도 후배들은 나처럼 학교와 교사와 교육 자체에 트라우마를 가진 '성공적인 실패작'으로 자라지는 않을 것이 아닌가.

강연장에서 만난 아이들은 예상대로 예뻤다. 아니, 아이들은 언제나 예쁘다. 언젠가 나도 그들처럼 예뻤는지는 모르지만, 분명코 그들이 속내에 감춘 만큼 불안하고 혼란스러웠다.

그해 겨울, 나는 대학 입시를 일주일 앞두고 가출했다. 갖은 우여곡절 끝에 시험을 치르고 운 좋게 합격통지서를 받아들긴 했으나, 친구들이 미팅을 하고 운전면허학원에 등록할 때 도시 외곽의 벽촌을 도는 시내버스의 안내양으로 취직했다. 가출을 하기에는 타이밍이 좋지 않았고 '알바' 치고는 생뚱맞기 이를 데 없었다. 하지만 선거 관련 뉴스 앞에서 아버지와 밥상을 던지며 싸웠다고 해서 '정치적인' 가출이라 할 수도, 큰 뜻을 품고 '브나로드 운동(v narod, '민중 속으로'라는 뜻으로 19세기 후반 러시아 젊은 지식인층에 의해 전개된 농촌운동)'을 벌이고자 아르바이트를 감행했다고도 할 수 없다. 곱씹어보건대 열아홉 살의 내가 저지른 돌발적인 사건들은 오직 경쟁과 억압 속에 잃어버린 나를 알고, 나를 찾기 위한 필사적인 몸부림이었다.

상처만큼만 넓어지는 세상 속으로 이제 막 첫발을 내딛는 후배들에게, 나는 오직 인생의 선배로서 조언한다. 여태껏 받아들고 한숨짓던 성적표의 등수 따위는 깨끗이 잊어버리길. 지금은 믿지 못하겠지만 정말로 행복은 성적순일 수 없다(언젠가 차라리 행복이 성적순이었으면 좋겠다고 칭얼댔던 헛똑똑이 선배의 말이니 믿을 만하다). 진짜 공부―세상 공부, 사람 공부, 인생 공부는 이제부터 시작이다. 허용되어 마땅한 지적 허영과 권장되어 마땅한 체험에 대한 탐욕으로 한껏 들썽들썽 걸신스럽게 공부해야 한다. 부디 그 큰 배움터에서 용맹 정진하기를!

스스로 빛나지 못하는 사람일수록 빛나 보이는 것들로 치장을 한다. 세상에는 학벌과 집안, 고급차와 명품 가방으로 자신의 가치를 드러내고자 하는 사람들이 수다하지만, 그것은 그들이 애써 가리고자 하는 '결핍'을 더욱 확연히 드러낸다.

명문 학교 졸업장은 종내 훌륭한 실력을 넘어서지 못한다. 화려한 집안 배경은 북송의 유학자 정이(程頤)가 말한 인생의 세 가지 불행 중 하나인 '부형의 힘으로 현관(顯官)이 되는 일'에 비견된다. 난폭한 운전 버릇을 가진 이에게 고급차는 흉물스런 무기이며, 다정하게 웃지 못하는 여자를 명품 가방과 명품 옷이 아름답게 해줄 리 만무하다.

그럼에도 세상은 보석에게 빛나는 법을 가르치려 나번득이니, 그놈의 '명문' 타이틀을 지키려는 일부 동문들이 비평준화가 될 모교의 교명을 변경하라는 요구를 한다는 소문이 스멀스멀 들려온다. 성적이 나쁜 후배는 절대 후배로 인정하지 않겠다는 셈이다. 막말로, 쪽팔린다. 그런데 이런 당연한 부끄러움을 느끼는 동문들은 정작 동문회에 나가지 않으니, 조야할지라도 짝퉁들이 더욱 빛나는 이치가 여기에 있다.

사육장
앞에서

교사의 딸로 태어나 자라는 동안 나는 절대 교사가 되지 않겠다고 다짐했다. 당위와 설교로 타인의 삶에 관여하는 일은 깜냥도 되지 않거니와 질색이었다. 그런데 언젠가부터 나도 꼰대가 되어가는지 어쩔 수 없는 유전자의 작용인지, 활자를 통한 고독한 소통과는 다른 눈 맞춤과 대화에 쏠쏠한 재미를 느끼던 터인데…….

늦더위가 용을 쓰던 지난 토요일, 수도권 신도시 중 서울 강남 못잖게 교육열이 높다는 지역의 이른바 '명문' 중학교에서 최악의 경험, 아니 최고의 가르침을 얻었다. 재량 활동의 일환으로 도서반을 지원한 아이들을 만나 말로만 듣던 '교실 붕괴'를 직접 체험하게 된 것이다. 인사를 나누기 전부터 아이들의 절반은 스마트폰에 코

를 박은 채 고개를 들 줄 모르고, 나머지 절반은 끼리끼리 숙덕거리
거나 정신없이 돌아치거나 책상에 엎드려 자고 있었다. 한참을 기
다려도 난장판은 진정될 기미를 보이지 않고 그야말로 '개판'으로
치달아갔다.

"쟤네는 포기하고 우리끼리 수업해요!"

여학생 대여섯이 가방을 싸들고 앞자리로 옮겨왔다. 그런데 포
기당한 채 날뛰는 아이들만큼이나 포기하자며 다가온 아이들이 기
묘했다. 철저히 냉소적인 그들의 표정은 이런 상황에 충분히 익숙
해져 있음을 증명하고 있었다. 아무리 좋은 일이라도 괴롭고 싫다
면 하지 않는 편이 더 '교육적'이라고 믿는 나는 문학 강연이고 나발
이고 제쳐두고 아이들에게 운동장에서 뛰어놀거나 마음껏 노닥거
릴 자유를 주고 싶었다. 하지만 괴발개발 그린 보고서를 내던지고
신나서 달려 나간 사내아이들은 곧 풀죽은 얼굴로 잡혀 들어왔다.
어떻게든 정해진 시간까지는 교실 안에 잡아둬야 한다는 '방침' 때
문이었다.

"얘들은 그나마 상태가 좋은 편이에요."

황희 정승은 미욱한 일소 앞에서도 흉보는 일을 경계했거늘, 교
사는 아이들이 듣고 보는 가운데 변명 아닌 변명을 했다. 모두가 서
로를 귀찮아하고 있었다. 이 괴상한 무기력과 무례가 화난다기보다
당황스러워 아이들 사이를 파고들어 말을 걸어보았다.

형편없는 성적표를 보고 아버지가 홧김에 그만두게 했다는 아

이와 농인지 진인지 빙글거리며 집안 형편이 어려워 못 간다는 아이를 제외하곤 모두가 학원을 다니고 있었다. 심지어는 일주일 내내 종합반을 듣는 아이도 있었고, 집에서는 학원(학교가 아니다) 숙제를 하지 않으면 텔레비전을 보거나 게임하는 것이 전부라고 했다. 아이들은 이웃 학교에서 있었던 자살 사건도 눈썹 하나 까딱 않고 말했다. 왕따를 당하던 아이는 옥상에서 몸을 던졌고 가정환경을 비관한 아이는 목욕탕에서 목을 맸지만 자기네 학교에선 아직 한 명도 자살하지 않았다고 자랑했다. 무엇이 다르냐고 물으니 킬킬대며 대답한다.

"우린 좀 독하거든요!"

학교를 대체한 학원에서 너무 많이 공부한 아이들은 더 이상 배우고 싶은 게 없다. 만약 체벌로 세워질 '교권'이 있다고 해도 기대와 희망까지 강제로 불어넣지는 못할 것이다. 하지만 누구 말마따나 '내가 중학생 아이를 키워봐서 아는데', 그들에게 학교는 여전히 중요하다. 인간관계를 맺고, 갈등을 조정하고, 성취와 좌절을 경험하고, 질서와 부조리를 동시에 체득할 수 있는 곳이 바로 학교이기 때문이다. 하지만 배움에 대한 열망 없이 학교는 없다. 그곳은 다만 잘 지어진 사육장일 뿐이다.

교문을 나오노라니 하늘을 찌를 듯 솟구친 중대형 아파트 숲에 현기증이 났다. 지금도 어딘가에서 좋은 학군과 유명 학원에 열을 올릴 '어른'들을 생각하니 아이들처럼 으르렁거리며 한시바삐 학교로부터 멀리멀리 도망치고 싶었다. 그렇다. 시험에선 항상 처음 찍은 것이 정답이다. 나는 가당찮은 선생이 아닌 천생 학생 체질인 게다.

✲

논어에서는 "세 사람이 길을 같이 걸어가면 반드시 (그중에) 내 스승이 있다(三人行必有我師焉)"고 했거늘, 나는 그때 그 교실에서 나를 '멘붕(멘탈 붕괴)'시킨 중딩들에게서 내 스승의 그림자를 발견했다. 그들을 보고(상호작용이 전혀 없었으니 '만나고'라고는 쓸 수가 없다) 나서야 비로소 단호한 이기심으로 무장한 고등학생들과 냉소적이거나 무기력한 대학생들의 과거를 이해할 수 있었기 때문이다.

사육장에 갇힌 채로는 아무것도 스스로 꿈꿀 수 없다. 온전한 자신의 힘으로 희망하거나 절망할 수조차 없다. 완벽한 수동과 완벽한 방임 속에 가장 아름답게 빛나야 마땅할 한 시기가 고사하고 있다. 그리고 더 나쁜 것은, 마침내 그 사육장을 벗어난 후에도 자유와 책임을 견디지 못하도록 길들여진 습성을 쉽게 떨칠 수 없다는 것이다.

현재의 아이들이 가여운 만큼, 미래의 우리가 두렵다.

토굴을 찾는다.
아무러한 땡볕 속에서도 상하고
물크러지지 않을 서늘한 토굴,
아무러한 추위 속에서도 칼바람과
눈보라를 피할 따뜻한 토굴.
기왕이면 조금 넉넉해서 누군가를 초대해
따뜻한 밥 한 끼 나눠 먹을 수 있으면 좋겠다.
기왕이면 혹렬한 더위와 추위가
물러날 때까지 그곳에서 버텨내서
좋은 새날을 보았으면 좋겠다.

o

4부

제일 센 힘은
바닥을 칠 때 나온다

목표는
'생존'이다

                       얼마 전, 죽을 뻔했다. 말 그대로 유명을 달리해 황천으로 갈 뻔했다. 이러구러 지극히 평범한 오후였다. 동네에 볼일이 있어 실내복에 점퍼만 달랑 걸친 채로 털레털레 집을 나선 길이었다. 그런데 막 아파트 단지를 빠져나가려는 순간, 머리 위에서 무언가 서늘한 기운이 빠르게 내리꽂히는 것이 느껴졌다. 아차, 입에서 절로 튀어나온 외마디 비명과 함께 어느새 날카로운 얼음 조각이 옷깃을 스쳐 발밑에 뒹굴고 있었다. 쪼개진 나머지 반 토막은 주차장에 세워진 자동차의 보닛을 움푹 찌그러뜨렸고, 주위에서 "누구야? 사람이 죽을 뻔했잖아!"라는 고함 소리가 터져 나왔다.

    고개를 들어보니 베란다에서 얼음덩이를 던진 누군가는 이미 사라지고 없었다. 왜, 어쩌다가 살상의 무기가 될 수도 있는 그것을 던졌는지 물어볼 길도 영영 사라지고 말았다. 너무 어처구니가 없으면 화보다 웃음이 난다. 단 몇 초의 조화, 단 몇 센티의 간극으로 죽을 뻔했다 살아난 나는 주위의 걱정 어린 시선을 받으면서도 자꾸만 피식피식 웃고 있었다.

졸지에 생사의 갈림길에서 빠져나오니 세 가지 생각이 났다. 첫 번째는 꿈자리가 뒤숭숭하다며 식전꼭두부터 걸어온 어머니의 전화. 불길한 전조는 과학적인 근거 너머에 있다. 남대문이 불타기 이전부터도 나는 슬슬 신비주의자가 되어가고 있었다. 두 번째는 며칠 전 장편소설을 초고나마 탈고하길 다행이라는 생각. 그런데 아직까지 공중에서 날아온 얼음 조각에 맞아 죽은 작가 이야기는 들어본 적이 없으니, 여기서 죽었다면 사람들은 소설보다 내 머리를 맞춘 얼음덩이를 더 오래 기억할 테다. 그리고 시적시적 발걸음을 옮기며 마지막 세 번째, 난데없이 던져진 방향 없는 분노를 생각했다. 성질은 좀 나빠도 누군가에게 원한을 살 만한 일은 하지 않고 살아왔다고 자부했건만, 익명의 증오 앞에서는 익명의 피해자가 되는 것을 피할 수 없다. 철없는 아이의 장난이었을까, 애꿎은 두꺼비에게 돌을 던지는 화풀이였을까, 유행어처럼 여기저기 갖다 붙여대는 '사이코패스'의 짓이었을까.

기실 내가 이번 정권의 통치 기간 중에 가장 걱정하는 것은 경제 불황도 역사 왜곡도 남북관계 파탄도 아니다. 임진왜란도 겪었고 식민지 시대도 견뎠는데 무엇이라고 못 버티겠느냐는 배짱과 함께,

아무리 농간을 부려도 역사의 도도한 물결을 거스를 수는 없다는 낙관이 있기 때문이다. 예측할 수 있고, 그 끝이 보이는 것들은 두렵지 않다.

하지만 어느 날 갑자기 길을 가다 머리 위에서 떨어지는 얼음덩이처럼, 출구를 잃은 사람들의 마음은 무섭다. 소통과 저항의 통로를 동시에 잃은 사람들은 서로를 미워하게 된다. 어떤 이들은 용산 철거민 참사 사건이 연쇄살인범 검거 뉴스로 덮여버리는 상황을 개탄하지만, 두 살인극은 '나비 효과'처럼 서로 교묘하게 연관되어 있다. 그야말로 살기 위해 망루로 올라간 약자들의 날갯짓이 공권력에 처참히 꺾일 때, 인간의 가치를 애완용 시베리아허스키의 그것만큼도 여기지 않는 분노와 증오와 환멸의 허리케인은 언제든 사회 곳곳에서 휘불 수밖에 없으리니.

집에 돌아와 여기저기 전화를 걸었다. 내가 사랑하는 사람들과 나를 사랑해주는 사람들, 아직 놓을 수 없는 손들에게. 한동안 나는 누군가를 지독하게 미워했다. 탐욕과 무지로 부도덕한 사회를 선택한 그들을 냉소했다. 죽어보라지, 다 자업자득이야. 하지만 내 마음의 날선 화살이 결국 내 심장을 쏜다. 혼자 살아갈 방도는 없다. 어떻게든 주위의 빈손들을 그러쥐고 살아내야 한다. 당분간 내 목표는 '생존'이다.

*

철거민들이 죽었다.

노동자들이 죽었다.

아이들이 죽었다.

젊은이들이 죽었다.

노인들이 죽었다.

동물들이 죽었다.

모든 약한 것들이 사라져갔다.

'생존'을 목표로 하는 삶은 우그러지고 졸아든다.

"쫄지 마!"라는 단순하고 거친 목소리에 열광할 만큼.

그리하여 '생존'을 목표로 하는 삶은 어수룩하고도 거세진다.

아무것도 믿지 못하고 아무것이라도 믿고플 만큼.

지난 시간, 참 고단했다.

이제는 '휴식'이 목표가 될 만큼.

나를
'좌빨'이라 부르는

당신에게

프랑스 시인 랭보를 읽노라면 날랜 손아귀에 심장을 쥐어뜯기는 듯한 느낌을 받던 시절이 있었다. 그때 차가운 방바닥에 엎드려 읽었던 시 중에 〈모음들〉이라는 작품이 기억난다. "A는 검은색, E는 하얀색, I는 붉은색, U는 초록색, O는 푸른색: 모음들이여! 내 언젠가 그대들의 탄생의 비밀을 말하리"로 시작되는 그 시는 '바람구두를 신은 시인'이라는 별명을 가졌던 랭보의 천재성이 눈부시게 빛나는 작품 중의 하나였다. 나는 고작 범재이거나 둔재인 문학소녀에 불과했지만 그토록 아름다운 소년의 재능에 홀려 그를 흉내 내어 골똘히 고민했다. 'ㅏ'는, 'ㅗ'는, 'ㅡ'는, 'ㅣ'는, 과연 세상의 어떤 빛깔을 닮았을까?

문학에 매혹된다는 것은 언어에 매혹된다는 뜻이기도 하다. 누구나 쓰고 있지만 누구도 좀처럼 밝혀낼 수 없는 언어의 비밀에 사로잡히는 것이다. 평범한 생활인들의 눈에는 좀 웃겨 보일 게 분명하다. 길가에 핀 민들레꽃 앞에 쪼그려 앉아서 '이 꽃이 왜 민들레일까?' 하고 고개를 갸웃거린다든지, 밥을 먹다가 김치 한 조각을 집어 들고 '아, 이건 정말 김치라는 이름에 딱 어울리는 음식이구나!' 하고 감탄하는 일 따위가 말이다. 나는 그것이 언어, 그중에서도 모국어의 신비라고 생각한다. 지극히 주관적이면서도 강렬한 감각, 학습되기보다는 유전되기에 더 적합한 감성이 모국어 안에 있다.

출판사를 통해 전해온 익명의 편지에 적힌 '좌빨'이라는 말을 들여다보며 이런저런 두서없는 생각을 한다. '좌익(혹은 좌파)'과 '빨갱이'가 결합된 나름 신조어라면 신조어인데, 어쩌다가 이렇게 못생긴 말이 내가 사랑하는 모국어로 만들어졌는지 모르겠다. 'ㅗ ᅪ'라는 이중모음에서 부정의 결기가 전해지고 무성 파열음 'ㅃ'에서 분노와 증오의 감정이 느껴진다. 그리고 그 모든 자음과 모음이 한데 어울려, 얼굴 근육을 와락 구기고 눈을 흡뜨지 않고는 발음하기 어려운 단어가 탄생했다.

아마도 지난번 신문에 게재한 칼럼(2009년 7월 7일자, 본문 p.32)이 편지 쓴 이의 심정을 격하게 만들었나보다. 그는 내 의견에 동의할 수 없음을 '좌빨'이라는 단어 하나로 명백히 밝혔다. 그런데 그것이 '주어가 없다'라든가 '어륀쥐'라는 말을 들었을 때만큼 나를 화나게 하지는 않는다. 독해력 결핍이 판치는 세상에 작가로 살면서 그 정도 오독이야 흥야항야할 일도 아니다. 하지만 그가 나를 '좌빨'이라 불러주기 전까지 다만 하나의 몸짓에 지나지 않던 내가, 그가 나를 '좌빨'이라 부른다고 해서 그에게로 가서 '좌빨'이 될 수 있겠는가?

그렇다. 나는 전쟁을 경험하지 못한 전후세대다. 그러하기에 더욱 부지런히 역사를 읽으려 한다. 역사를 읽는다는 것은 경험하지 못한 것으로부터 경험 이상의 교훈을 얻는 것이다. 뱀은 뱀끼리 싸울 때 끝내 독을 쓰지 않는다고 한다. 독은 천적으로부터 자신을 지키는 마지막 무기일 뿐, 동종끼리의 시비에 쓸 수는 없다는 것이다. 하지만 인간의 역사에는 뱀보다 못한 사례가 비일비재다. 해방 공간에서의 좌우익테러, 한국전쟁, 그리고 내가 한국근현대사에서 가장 끔찍한 장면으로 꼽는 거제도 포로수용소의 살육전 또한 뱀이 뱀에게 독을 쓴 실례다. 그리하여 우리 역사를 알면 알수록 분노보다는 슬픔이, 증오보다는 평화의 소망이 커진다. 같은 모국어를 쓰는 사람들끼리 다시는 서로를 향해 악다구니 쓰지 않기를, 비명과 신음으로 대화를 대신하지 않기를.

별로 중요하진 않지만 덧붙여 한 가지 밝혀두자면, 나는 좌파도 우파도 아닌 '자파(自派)'다. 자파인 '작가'다. 그러니 경계할 것도, 안심할 것도 없다.

∗

내가 누군가의 손을 잡기 위해서는 내 손이 빈손이 되어야 한다.

정호승의 산문 〈손〉(《정호승의 위안》, 열림원, 2003)의 일절을 가만히 되뇐다. 인간이라는 아름답고도 끔찍하며, 위대하고도 초라한 존재를 이해하기 위해서는 빈손이 필요하다. 오직 그러한 인간을 재료이자 과제로 삼는 작가라는 존재로 살기 위해서는 빈손이 절실하다. 빈손은 현실을 재단하지 않는다. 인간을 심판하지 않는다. 소유의 움켜잡음을 위해 헛손질을 하지 않는다. 나는 오로지 '자파'인 작가로 살기에 이렇게 텅 빈 채로 충만하다.

징검다리가
사라진

날

        다달이 철분약을 지으러 가는 병원과 격주로 한 번씩 책을 빌리러 가는 도서관과 아이가 좋아하는 매콤한 떡볶이를 파는 분식집은 개천 건너편에 있다. 콘크리트 다리를 이용해 개천을 건너려면 천변을 따라 10분 이상 걸어 내려가야 한다. 그러하기에 군데군데 자리한 징검다리들이 급한 걸음을 할 때 요긴한 매개가 된다. 발끝이 젖지 않을 만큼 도도록이 놓인 돌멩이들을 두루미걸음으로 디뎌 건너 약과 책과 아이의 먹을거리를 구한다. 그런데 검은 머리 짐승은 간사하고도 어리석어, 평소에는 소소한 것들의 고마움을 까맣게 잊고 살다가 잃어버리고서야 아쉬워 한탄한다. 대수롭잖아 뵈는 징검다리에게 얼마나 신세를 지고 살았는가는 비가 와 개천의 수위가 높아지는 날에 여실히 느낀다. 물속에 잠겨 사라지고서야 그 존재의 소중함을 깨닫는 것이다.

폭우가 쏟아지듯 환난이 닥치면 세상의 징검다리들은 수면 밑으로 잦아들 수밖에 없다. 하루가 멀다 하고 경천동지할 사건 사고들이 빵빵 터져주는 지경에 웬만한 근심은 사소한 투정으로 취급받기 십상이다. 난세가 나쁜 까닭은 무질서와 착취로 인한 도탄에 있지만, 실로 이처럼 보잘것없이 작거나 적은 것들을 뭉때려버리는 세태에도 있다. 나는 지난 '잃어버린 10년'을 시시한 개인사에 몰두해 즐겁게 보냈다. 그리하여 이제야 앞집 강아지와 뒷집 고양이의 이루어질 수 없는 사랑 이야기 같은 걸 쓸 수 있을 것 같은데, 누구도 그 절절한 사랑을 알알하게 읽어줄 경황이 없을 것 같아 이렇게 칠실지우를 하고 앉았다. 내 사소한 행복을 앗아간 '대형 사건만 기억하는 더러운 세상'에 건주정이나 피우면서 말이다.

침몰한 배의 함수에 체인 연결 작업이 재개되고, 야권의 지방선거 연합공천이 무산되고, 방송에서 검찰의 '스폰서' 문화를 고발하는 프로그램이 방영되던 지난 4월 20일은 30주년을 맞는 '장애인의 날'이었다(2010년). 어쨌든 기념행사는 뻑적지근했다. 총리가 참석한 기념식이 거행되고, 법에서 의무적으로 정한 장애인을 고용하지 않아 가장 많은 분담금을 내는 대기업에서도 초대 음악회라는 걸 열고, 생산품 바자회, 체육대회, 국제포럼 등이 곳곳에서 벌어졌다. 하지만 그들이 '기념'하는 것이 대체 무언가는 아리송하기만하다. '장애'를 기념한다는 건가, '장애인'을 기념한다는 건가, 무슨

'날'이니 덮어놓고 기념부터 한다는 건가?

　　정작 장애인 당사자들은 4월 20일이 '장애인의 날'이 아니라 '장애인 차별 철폐의 날'이 되어야 한다고 주장한다. 지자체가 자체 제공하던 추가 예산을 받을 수 없어 실제로 기존의 장애수당보다도 후퇴한 장애인연금과, 기업체 입사 서류 전형에 합격하고도 일방적인 취소 통보를 받아야 하는 취업 현실과, 사회 참여와 자립생활을 가로막는 수많은 법규와 제약을 걷어치우라고 외치고 있다. 하지만 여전히 그들을 '기념'만 하고픈 사람들은 기념식장에 얌전히 앉아 있지 못하고 광장으로 뛰쳐나온 휠체어들을 해산시키기에 바쁘다. 울부짖으며 흩어지는 그들이 바로 작고 약하여 사소하고 시시하게 취급받는 불어난 흙탕물 속의 굄돌들이다. 사나운 빗속에 사라진 듯 묻혀버린 징검다리다.

　　언젠가 폭우가 그쳐 날이 개고 물이 빠지면, 징검다리는 다시 그 모습을 드러낼 것이다. 원래 있던 자리에서 조금은 어긋나고 무너져 있을지도 모르지만, 세상의 낮은 자리를 단단히 지키며 이편과 저편을 잇는 역할은 변함없을 테다. 출가하기 전 태자 싯다르타가 낳은 아들의 이름이 '라후라(장애)'였듯, 드러나 뵈는 몸과 마음이 어떠하든 인간이라면 누구도 그로부터 완전히 자유로울 수 없으므로.

*

　우리 몸의 중심은 어디일까? 혈액을 몸 전체로 보내는 순환 계통의 중심 기관인 심장일까, 감각을 인식하고 근육 운동을 조절하고 말하고 생각하고 기억하고 감정을 일으키는 중추가 있는 뇌일까? 건강을 잃고 아파본 사람은 안다. 아플 때는 아픈 그곳, 위장이면 위장, 허리면 허리, 발바닥이면 발바닥, 손톱 밑이면 손톱 밑이 모든 일상과 생각의 중심이 된다는 것을.

　그러하기에 세상의 중심은 권력자도 아니고 재벌도 아니고 힘든 사람, 어려운 이웃이어야 마땅하다. 타인의 아픔을 돌아보고 보살필 줄 알아야 내 아픔도 이해받고 존중받을 수 있다. 징검다리의 공감은 동정이라기보다 연민이다. 중증장애인을 자녀로 둔 엄마들의 분투기《담장 허무는 엄마들》의 한 구절처럼, 연민이되 "그 고통만 안타깝게 여기는 연민이 아니라 모든 사람에게 고통이 있다는 걸 아는 데서 나오는 연민"이다. 다시, 징검다리를 기다린다.

지옥에서
보낸

한 철

        불화살처럼 내리꽂히던 햇빛과 갱엿같이 녹아내리던 아스팔트의 열기 탓일지도 모른다. 아니, 그저 그날따라 사나웠던 일진 때문일 수도 있다. 볼일이 있어 서울 시내에 나갔다가 집으로 돌아오는 버스를 기다리는 정류장에서 연거푸 기묘한 일을 목격했다. 한눈에 보기에도 만취한 노인 하나가 비틀걸음으로 의자를 향해 다가온 것이 첫 번째 소동의 시작이었다.

    의자에는 몸을 옹그리면 한 사람이 충분히 앉을 만한 공간이 확보되어 있었음에도 그는 굳이 옆에 앉았던 20대 여성에게 비키라는 거친 손사랫짓을 했다. 최신형 스마트폰에 코를 박고 있던 그녀가 조금 일찍 그 손짓을 보았다면 상황이 달라졌을까? 하지만 뒤늦게 상황을 파악하고 어마뜨거라 자리를 피한 뒤에도 세상 어디에서

나 옹그릴 수밖에 없는 노인의 울증이 정류장 의자의 비좁은 자리에서 폭발한 듯, 작가에게마저 모국어의 풍부함을 새삼 인식시키는 현란한 욕설의 향연이 한동안 이어졌다.

그리고 노인이 떠난 정류장에 두 번째 소동의 주인공인 중년 사내가 땟국에 절은 와이셔츠 차림에 커다란 가방을 들고 나타났다.

"사모님, 하나 팔아주슈. 오늘 개시도 못했어요. 네?"

외출복을 곱게 차려입은 중년 여성들 앞에서 아가리를 벌린 그의 가방 속에는 나들이 길에 사기엔 아무래도 객쩍은 행주며 수세미 따위가 잔뜩 들어 있었다. 아무리 불필요해도 언젠간 용도가 있으리라 여기며 누구라도 하나쯤 샀다면 상황이 달라졌을까? 판매에 실패한 그는 별안간 땅바닥에 털썩 주저앉아 덫에 채인 짐승처럼 울부짖기 시작했다.

"살아보려는데, 죽으라고 해! 더 이상 날더러 어떡하라고?!"

장사를 하기엔 변죽과 패기가 부족하고 구걸을 하기엔 수치심과 자존심을 버릴 수 없는 사내는 길바닥 한가운데서 생떼 부리는 어린애처럼 발버둥질했다.

그때 드디어 기다리던 버스가 도착해 잡아타고 앉으니 절로 한숨이 터져 나왔다. 증오에 찬 눈을 희번덕이며 욕설을 퍼붓던 노인과 울분을 참지 못해 몸부림치던 사내에게서 자멸과 극단의 징후를 본 것은 소설쟁이의 과한 상상력일까? 우연히도 버스 안에 틀어놓은 라디오에서는 때마침 '묻지마 살인'에 대한 뉴스가 흘러나오고 있었다. '묻지마 관광'이 익명의 장막 안에서 억눌린 욕망을 분출하는 것이라면 '묻지마 살인'은 무작위의 대상을 향해 꿍꿍 윽박았던 분노를 표출하는 것! 미래에 대한 희망과 사회 안전망에 대한 신뢰가 사라진 사회에는 오직 가난과 가난에 대한 공포만이 존재한다. 궁지에 빠진 쥐가 고양이를 무는 경우는 그나마 고양이 목에 방울 달기라도 함께 의논할 짝패가 있을 때지만, 신자유주의라는 잔혹한 미궁에 갇힌 채 절망한 개인에게는 두 가지 길밖에 다른 것이 없다. 죽이거나 혹은 죽거나. 그래서 날로 증가하는 자살률, 그중에서도 급증하는 생계형 자살과 '묻지마 살인'은 실로 동전의 양면이나 매한가지다. 마음 약한 사람은 무력감에 스스로를 죽이고, 그 살의가 영혼을 뚫고 나간 사람은 칼을 신문지에 말아 들고 거리로 나선다.

기실 세상을 향해 '묻지 마'를 외치는 이들은 한 번도 세상으로부터 질문을 받아보지 못한 사람들이다. 살 만하냐고, 얼마나 힘드냐고, 도와줄 일은 없냐고 물어주지 않는 세상에 대한 소외감이 끝내 분노로 폭발한 것이다. 그래서 창졸간에 목격한 봉변보다 더 오랫동안 나의 뇌리를 떠나지 않은 것은 냉담했던 주변 사람들의 반응이었다. 아무도 노인과 사내에게 눈길을 주지 않았고 심지어 한결같이 무표정했다.

절망감으로 분노하는 그들을 외면한 채로, 우리는 끝내 죽이거나 죽지 않고 살 수 있을까? 조악한 수세미일망정 하나 사들지 못한 빈손이 내내 부끄럽고 허전했다.

*

내가 원래 붙인 이 칼럼의 제목은 〈죽이거나 죽지 않고 살 수 있을까?〉였다. 단지 글자 수가 12자를 넘는다는 이유로 포기하고 말았지만, 사막 같은 도심 한가운데서 악다구니 치는 사내를 보았을 때 내 머릿속에는 뜨거운 모래바람처럼 그 질문이 끊임없이 맴돌았다.

내가 먹고살기 힘들 때면 생각한다. 다른 사람들은 대체 어떻게 먹고살까? 내가 먹고살 만하다고 느낄 때도 생각한다. 다른 사람들은 대체 어떻게 먹고살까? 어떻게 어떻게든 먹고살아가야만 하는 이 무거운 삶의 의무를 견디고 있을까?

빈곤층과 소외계층을 지원하는 복지정책을 '포퓰리즘'이라고 공격하는 목소리를 들으면 원초적인 본능으로 피가 솟구친다. 표를 얻기 위해서든 인기를 얻기 위해서든 권력을 얻기 위해서든 복지는 끊임없이 수호하고 확장해야 할 영역이다. 멀쩡한 강바닥을 파헤쳐 시멘트 공구리를 치고, 길바닥을 뜯어내 보도블록을 깔고, 세금이 둥둥 떠다니는 인공 섬 따위를 만들지만 않으면 최소한의 방어벽쯤은 칠 수 있다. 그들이 삶의 벼랑으로 떠밀릴 때 추락하는 것은 그들만이 아니다. 그들을 짐짓 외면하고 멸시했던 우리 모두가 함께 추락한다. 우리 모두는 이미 보이지 않는 끈으로 친친 감긴 한 덩어리다. 그 추락에는 날개조차 없다.

이루어질 수밖에
없는

사랑

미국의 가수 겸 작곡가 해리 차핀은 기타를 '여섯 줄의 오케스트라'라고 노래했다. 그처럼 코드와 멜로디, 리듬 연주가 모두 가능한 기타는 피아노와 더불어 가장 대중적으로 사랑받는 악기이다. 나는 열여섯의 겨울방학에 동네 교습소에서 통기타를 배웠다. 처음이자 마지막으로 전곡을 연주한 노래는 양희은의 〈이루어질 수 없는 사랑〉이었는데, 수예점 아가씨와 연애 중이었던 선생님은 후렴구를 꼭 '이루어질 수(밖에) 없는 사랑'이라고 바꿔 불렀다. 개학을 하면서 흐지부지 끝나버린 강습은 손끝에 박인 굳은살이 풀릴 때쯤 까마득한 기억이 되어버렸지만, 품 안에서 공명하던 소박하지만 신비로운 악기의 감각은 여전히 또렷하다.

하지만 나는 그 아름다운 선율 뒤에 천식과 난청에 시달리는 노동자들이 있다는 것은 알지 못했다. 열악한 환경 속에서도 장인 정신으로 기타의 몸통을 사포질하고 자개 문양을 새겨 넣고 유약을 발라 닦은 뒤 줄을 조율해 완성하며 기쁨을 느끼던 노동자들이, 천막농성부터 점거농성, 삭발, 송전탑 고공농성, 그리고 분신에 이르기까지 필사적인 방법으로 복직 투쟁을 벌이고 있다는 사실도 잘 몰랐다.

얼마 전, 매월 마지막 주 수요일 홍익대학교 앞 라이브카페 '빵'에서 열리는 '콜트 콜텍 수요문화제'에 이야기손님으로 초대되어 다녀왔다(2010년). 전자기타를 만드는 콜트와 통기타를 만드는 콜텍 노동자들이 일터로 돌아가는 것을 돕기 위해 가수와 작가들이 개최하는 작은 콘서트였다. 기실 나는 노래방에서나 겨우 꿈적꿈적 가무의 본능을 충족하는 촌스러운 세대인지라, 인디음악은 물론 클럽 문화에 익숙지 않다. 잘 모르니 이해할 수 없고, 이해할 수 없으니 턱없는 오해를 할 수밖에 없다. 개성 강한 인디밴드들이 어떻게 노동자들과 '연대'하는가? 약간의 긴장과 호기심을 품은 채 지하 카페의 방음문을 열었다.

그곳에 말로만 들어온 사람들이 있었다. 지금도 분신 투쟁의 상흔을 치유 중인 이동호 씨, 1인 시위 도중 돌진해온 회사 차량에 치여 상해를 입었던 방종운 콜트악기 지회장, 학교 급식 보조와 목욕탕과 영화관을 청소해 번 쌈짓돈을 털어 독일과 일본과 미국에서 열리는 악기 쇼에 네 차례나 원정 투쟁을 다녀온 해고노동자들이 바로 거기 있었다. 무대에서 함께 이야기를 나눈 방종운 씨는 크고 깊은 눈에 고운 마음결이 느껴지는 사람이었다. 현장에 돌아가는 걸 상상하면 어떤 기분이 드는가는 내 질문에 그는 갑자기 울컥하며 떨리는 목소리로 말했다.

"언젠가 꿈을 꿨어요. 꿈속에서 공장에 불이 난 거예요. 얼마나 놀라고 다급했는지 사장에게로 달려갔어요. 우리 공장에 불이 났다고, 다 타버리기 전에 빨리 꺼야 한다고⋯⋯."

세계 기타 생산의 30퍼센트를 차지하는 회사를 경영하며 한국에서 120위 안에 드는 큰 부자가 된 사장에게, 위장폐업을 하고 공장을 인도네시아와 중국으로 넘긴 그에게, 고등법원에서 정리해고가 불법하다는 판결까지 내렸는데도 노동자들이 자신의 신세를 '조졌다'며 완벽하게 외면하는 그 인물에게, 그는 매달려 호소했다고 한다.

이쯤에서 한국예술종합학교에 다니며 총장 파면 사태를 경험했던 학생 가수 이랑이, 오전에 수요집회에서 종군위안부 할머니들을 만나고 돌아온 가수 김철연이 함께 눈물짓는다. 예술과 노동이 얽히고설켜 분노와 희망의 난장을 벌인다. 놀이판에는 세대와 경험의 간극이 없다. 노동을 사랑하는 사람과 음악을 사랑하는 사람들이 목숨을 걸고 청춘을 바쳐 부르는, 이루어질 수밖에 없는 뜨거운 사랑 노래가 있을 뿐이다.

이 대목에서 노골적으로 광고하겠다. 다음 카페 '산들바람'

(http://cafe.daum.net/sntj1)을 검색하면 콜트 콜텍 노동자들이 만들어 파는 유기농 된장과 고추장, 친환경수세미를 살 수 있다. 그것이 일터를 빼앗긴 노동자들을 먹여 살리는 밑천이다. 시식해보니 매실 고추장은 의지만큼 맵싸하고 전통 된장은 의리만큼 구수하다. 많이 많이 주문해 드시길 바란다.

*

2012년 2월 23일, 정리해고에 반대하며 천막농성을 시작한지 1848일 만에 마침내 대법원에서 최종 판결이 내렸다. 승리! 아니, 패배? 어이없게도 싸움은 함께 했으나 콜트 악기는 승소하고 콜텍 사는 패소하는 엇갈린 결과가 빚어졌다. 콜트 악기의 방종운 노조 원장은 즉시 "콜트와 콜텍 노조원들 모두가 성공적으로 복직하는 날까지 연대하겠다"고 선언했고, 싸움은 다시 원점으로 돌아갔다.

지루하고도 고단한 싸움을 또다시 해야 함에 누구라고 막막하고 괴롭지 않으랴만, 콜트 콜텍 노동자들은 6년을 버틴 뚝심과 낙천주의로 얼어붙은 하늘에 연을 날렸다. 정리해고를 없애고 공장으로 돌아가서 다시 기타를 만들겠다는 희망과 염원을 담은 연날리기!

삼국시대부터 시작된 연날리기의 놀이 방법으로는 높이 띄우기, 재주 피우기, 연싸움 놀이가 있는데, 그중 연싸움 놀이는 연줄을 서로 얽히게 한 다음 누가 오래 버티나 겨루는 것이다. 무명실이나 명주실로 엮은 줄은 금세 뭉텅 끊기지만, 사기나 유리가루를 풀에 섞어 연줄에 바르면 튼튼해진다. 하지만 진짜 싸움꾼은 당장의 승부에서 졌다고 해서 포기하고 주저앉지 않는다. 산을 넘고 물을 건너 먼 동네까지 가서라도 잃어버린 연을 찾아오는 깡다구가 마지막 승패를 결정지을지니. 연아, 조금 더 높이 날아올라라! 겨울은 그리 오래 남지 않았다.

천 일 동안

3년에서 95일이 빠지는 1000일 동안 세상에는 수많은 일들이 벌어진다. 술탄의 독주와 전횡을 막기 위해 세헤라자데가 끊이지 않는 이야기의 피륙을 펼쳤던 시간이 하루를 더한 1000일, 하루살이가 너덧 시간에서 하루 남짓을 살기 위해 애벌레로 끓어야 하는 나날도 대략 1000일이다. 절대군주 헨리 8세를 가톨릭교회와 결별하게 하면서까지 왕비의 자리에 올랐던 앤 불린이 비극적으로 끝난 결혼을 유지했던 날이 약 1000일, 가수 이승환이 가슴을 에는 목소리로 추억한 사랑의 시간도 1000일이다.

길다면 길고 짧다면 짧은 1000일 동안 세상도 사람도 빠르게 변한다. 세상에 변하지 않는 건 오직 모든 것이 변한다는 사실뿐이라는 진리를 곱씹어보면 어제와 오늘이 다름을 새삼 개탄할 것도 없다. 오히려 시간이 흘러 모두가 변하는데도 고스란한 일들이 놀랍고 신기할 따름이다.

평일 오후임에도 꽉꽉 막히는 길 때문에 뒤늦게 현장에 도착했을 때 GM대우 부평공장 서문 앞에서는 '투쟁승리 집중대회'가 한창 진행 중이었다. 7월 25일이면 투쟁 1000일을 맞는 GM대우 비정규직 해고노동자들이 후텁지근한 대기 속에 맨바닥에 주저앉아 구호를 외치고 있었다(2010년).

"GM대우는 원청 사용자성을 인정하라! 해고자를 복직시켜라!"

작업복을 입고 스쳐 지나는 다른 노동자들과 마찬가지로 성실하게 하루하루를 살아가던 그들의 삶은 노동조합의 깃발을 올리는 순간부터 완전히 달라졌다. 지난 1000일 동안 개처럼 두들겨 맞고 공장 밖으로 쫓겨나 길모퉁이에 천막을 쳤고, 철탑에 올라가 고공농성을 했고, 한강다리에 기어올랐고, 뜨거운 아스팔트에서 삼보일배를 했고, 매일 공장 앞에서 출퇴근 투쟁을 했다. 할 수 있는 것은 다했다. 비인격적 대우와 저임금에 시달리며 권리 없는 책임만 강요당하는 삶, 해고 1순위로 지목되면서도 논의 자격조차 얻지 못하는 현대판 노예로서의 삶을 끊어내기 위해서였다.

하지만 동정은 없었다. 상식조차 통하지 않았다. 자기 밥그릇을 지키기에 급급한 사람들은 침묵했고 현실주의자를 자처하는 약빠른 사람들은 비정규직이 늘어나는 것은 세계적 대세라고 말했다. GM이 대우를 인수하면서 법인세와 특소세 납부를 7년이나 유예

받아 매년 30퍼센트 이상 성장을 이루고서도 라인을 재배치하고 노동 강도를 높이고 노동조합을 탄압하는 것을 '성공적인 구조조정'이라고 불렀다. 삶은 발밑에서 그렇게 허물어져갔다.

실례지만 주인들의 허락도 받지 않고 1000일 동안 그들의 살터가 되었던 천막 농성장 안으로 가만히 들어갔다. 전혀 희망적이지 않은 '희망퇴직'이란 이름하에 지금까지 1000여 명의 비정규직 노동자가 해고되었다. 초기에 합류했던 조합원 100여 명도 생계 등의 이유로 하나둘 떨어져나가고 지금 이 천막을 지키는 이는 21명뿐이다. 나의 궁금증은 바로 거기 있었다. 무엇이 그들을 변치 않게 하는가? 무엇 때문에 누군가는 싸우고 누군가는 타협하고, 누군가는 떠나고 누군가는 떠나지 못하는가?

작은 천막 안에는 있어야 할 것은 다 있고 없을 건 없었다. 텔레비전과 시계와 회의용 탁자와 가스버너 등등이 아기자기하고, 맑은 콧물감기 / 목이 많이 붓는 감기 / 감기 몸살로 구분한 의약품 상자가 오밀조밀했다. 무슨 요리에 쓰였는지 소금과 설탕 그릇 옆에는 참기름 병까지 놓여 있다. 그 모양새를 바라보노라니 명분, 신념, 사상…… 그런 말들은 하나도 생각나지 않고, 독일의 신학자 헤르만 군켈이 말한 '삶의 자리(Sitz im Leben)'라는 한마디가 문득 떠올랐다. 그들은 자신을 지키기 위한 싸움터에 있다. 어디에 있어야 하는지를 알기에 무엇을 해야 하는가를 안다. '삶의 자리'를 안다는 것은 짠맛과 단맛만이 아닌 한 방울 참기름의 풍미를 아는 것이다. 그러하기에 아무러한 고통과 시련도 시고 떫고 맵짜지만은 않다. 스스로 선택한 삶이기에 고소하다. 그 감칠맛을 아는 이들이라면, 그들은 이미 승리한 것이다.

＊

칼럼을 쓴 후 여섯 달 남짓 지나, 2011년 2월 한국지엠(옛 GM대우)의 비정규직 해고노동자들의 복직이 전격적으로 타결되었다. 1192일의 천막농성과 64일의 조합원 고공농성과 45일의 지회장 단식농성 끝에 얻어낸 눈물겨운 결실이었다. 이제 모든 것이 상식대로 정상으로…… 그렇게 평화롭게 회복되는가 싶었다.

하지만 그로부터 다시 일 년이 지나, 2012년 초봄까지도 노동자들은 일터로 돌아가지 못하고 있다. 합의는 있으되 이행은 없고, 약속은 있으되 책임 이행의 의지는 없다. 행여나 하는 기대로 재취업조차 포기하고 아르바이트로 꾸려가는 가계에 늘어가는 것은 빚과 한숨뿐이다. 배반과 기만에 거듭 시달린 이들의 '삶의 자리'는 더 이상 버텨내기 어려울 만큼 위태롭다.

이제는 감히 승리를 말하지 못하겠다. 희망을 말하지 못하겠다. 다만 조금만 더 견뎌주길, 쓰러지지 않기만을 소원할 뿐이다. 부디…….

봄밤의
스크린

나는 영화를 거의 보지 않는다. 누군가는 최신 개봉작을 모른다는 사실이 바로 연애를 하지 않고 있다는 증거라고 하지만, 그와 별개로 문자 언어에 길들여진 내게 상상할 수 있는 모든 것과 상상할 수 없는 것까지 노골적으로 펼쳐 보여주는 영상은 지나치게 위압적이다. 게다가 영화관에 붙잡혀 '잠시 멈춤'을 누를 수도 '돌려 보기'를 할 수도 없는 상황에 빠지면 좌불안석 불안하고 괴롭다. 이런 지경에 예술 영화는 가당찮다. 끊임없이 머리에 강펀치를 맞는 듯한 블록버스터도 버겁다. 그저 달콤한 맛에 취해 먹고 나면 입안이 텁텁한 로맨틱 코미디 정도가 감당할 만한 전부다.

이러한 '저급 관객'에 불과한 내가 꽃샘잎샘이 한창인 봄밤에 홀로 영화관을 찾았다. 관람할 영화의 제목은 〈두 개의 문〉. 입구에서 받은 팸플릿에는 "당신이 배심원이라면?"이라고 적혀 있었다. 어쩌면 제작진은 법정 드라마를 보여주고 싶었을지 모르지만, 내게 〈두 개의 문〉은 공포 영화였다. 그로부터 101분 동안 내 영혼은 전기의자에 앉은 듯한 쇼크와 작열통에 시달려야 했다. '두 개의 문' 중 하나에서는 〈13일의 금요일〉의 살인마 제이슨이, 다른 하나에서는 〈나이트메어〉의 프레디가 나온 것은…… 물론 아니다. 공포 영화의 단골 장치인 공동묘지와 비명 소리, 피 칠갑한 얼굴은 어디에도 없다.

그럼에도 영화의 배경이 되는 서울 용산구 대로변의 남일당 건물은 음산한 공동묘지보다 못할 게 없다. 고통스러운 비명 소리, 붉은 피보다 더 끔찍한 화마의 혓바닥이 스크린을 가득 메운다. 그렇다. 〈두 개의 문〉은 2009년 1월 19일 밤부터 20일 새벽에 벌어진 용산참사와 그 후 3년간의 시간을 다룬 다큐멘터리다.

영화가 상영되는 내내 옆에 앉은 두 여인이 울고 있었다. 그 숨죽인 울음소리가 너무 깊고 아파 나는 입술을 세게 감쳐물었다. 그들의 남편과 아들이 저 불타는 망루 속에 있었다. 그리고 또 다른 아버지와 남편과 아들들은 지금도 감옥에 있다.

〈두 개의 문〉이 단순한 고발 영화나 이른바 '선동 영화'가 아닌 것은 냉정하고도 날카로운, 그래서 더욱 슬픈 카메라의 시선 때문이다. '공개 재판'을 표방하지만 정작 영화에서는 불이 어떻게 붙었나, 경찰이 망루를 두들겼나, 화염병은 어디에 쌓여 있었나 같은 쟁점이 중요치 않다. 아무리 문외한일지라도 영화의 '스포일러'를 함부로 흘리면 안 된다는 것쯤은 알고 있으니 자세한 내용은 쓰지 않겠다. 다만 영화가 끝날 무렵 내 마음에는 쓰라린 카타르시스가 자욱했고, 김민기의 노래 한 구절 "싸움터에 죄인이 한 사람도 없네……"가 귓가에서 끊임없이 맴돌았다. 어쩌면 영상 이미지보다 더 위압적이고 혹렬한 것은, 현실 그 자체이다.

〈두 개의 문〉은 용산참사에 대해 잘 모르는 사람과 잘 아는 사람, 분노하거나 냉소했던 사람 모두가 봐야 할 영화다. 비록 문제는 해결되지 않았을지언정 진실은 이미 밝혀져 있다. 봄밤에 홀로 나선 영화 구경은 그래서 참 즐겁고, 슬프고, 아찔하였다.

＊

신문 칼럼은 애초부터 한계를 감수하지 않고는 쓸 수가 없다. 어둠 속에서 손끝의 감각으로 괴발개발 적은 메모만 옮기기에도 1600여 자의 지면은 너무 작다. 정작 내게 가장 큰 충격을 주었던 장면은 잠시 요약해 구겨 넣지도 못했다.

증거물로 제출된 경찰 채증 영상의 한 장면에서 달랑 나무 합판 한 장을 이고 불길과 유독가스 속으로 뛰어든 경찰 특공대 팀장이

대원들에게 내뱉는 절규.

"야, 이 새끼들아! 뭐가 그렇게 겁나? 뭐가 그렇게 겁나?!"

…… 그리하여, 칼럼의 제한된 지면이 차라리 고마울 때도 있다. 분노를 넘어선 공포와 슬픔으로 가슴이 먹먹하던 그 대목을 어떻게 논리 정연하고 기치선명하게 쓸 수 있을까? 어차피 예술은 인간을, 언어는 삶을 대신하지 못한다.

영화관에서 상영된 〈두 개의 문〉의 엔딩크레디트에는 후원회비 3만 원 이상을 약정한 시민배급위원 834명의 이름이 실려 있다. 용산의 진실을 알고파 하는 각계각층의 사람들이 십시일반하여 저예산 다큐멘터리 영화의 극장 개봉을 성공시킨 것이다. 개봉 후 반응도 뜨거웠다. 2012년 6월 21일 개봉한 이후 68일 만에 〈두 개의 문〉을 보고 간 관객들은 7만 명을 넘어섰다. 이는 2009년 개봉된 〈워낭소리〉에 이어 역대 독립영화 흥행 2위에 달하는 기록이라고 한다. 비록 10여 개의 영화관에서밖에 상영되지 않았지만, 작은 공간을 메운 마음들은 컸다. 그 말석에 이름 석 자를 새겨 넣은 저급 관객의 마음도 흐뭇하다. 진실은 본디 그토록 작고, 단단한 것이다.

촌스러워서
살 수가

없다

최남선, 이광수와 더불어 '조선 3재(三才)'라 불렸던 벽초 홍명희는 여러모로 재미있는 인물이다. 3·1운동과 신간회 사건의 투옥 경력을 지닌 열혈한인 동시에, 일제강점기 최대의 장편 역사소설인 《임꺽정》을 (당시) 〈조선일보〉에 10년간 연재하며 단 한 편의 소설로 문학사에 확고한 지위를 마련한 작가이기도 하다. 그런데 화려한 이력보다 더 흥미로운 것은 홍명희가 당대 인물들과 맺은 교우 관계다.

역사가 신채호와 홍명희는 은근한 경쟁 관계였다. 추레한 외양에 괴팍한 성품을 가진 신채호가 누더기 이불을 덮고 잠든 모습을 본 홍명희는 신채호 같은 사람을 유학 보내면 조선의 망신이라고 험담했다. 언젠가 팔씨름 시합이 벌어졌을 때에는 홍명희에게 진 신채호가 분을 참지 못해 뛰쳐나가 돌을 주워들고 돌아오기도 했다.

"내가 벽초에게 지다니 분해서 견딜 수가 없어!"

신채호가 씩씩거리며 내뱉은 말에 대한 홍명희의 답변.

"저런 사람인 줄 알면서도 이겨버린 내가 잘못이지!"

그래도 걸출한 두 인물의 우정은 깊고 진했다. 홍명희는 신채호의 글을 자신이 편집국장으로 재직하던 (당시) 〈동아일보〉에 지속적으로 게재했고, 각자 옥고를 겪는 중에도 서신을 주고받으며 운명이 정한 길로 가는 고통을 함께 나누었다.

홍명희의 인간적 비범함은 이광수와의 우정에서 더욱 빛난다. 일본 유학 시절에 만난 그들은 서로의 재능을 알아보고 인정하지만, 이광수는 끝내 친일의 대표 인사가 되어버렸다. 이광수가 가야마 미츠로(香山光郎)로 창씨개명을 하며 구구절절 이름의 의미를 설명한 대목은 지금 봐도 눈물겹게 인상적이다. 차라리 송병준처럼 "조선 이름은 촌티가 난다"고 간단히 말했으면 나았을까?

결국 이광수는 한국전쟁 중 납북되다가 심한 동상에 걸려 사경을 헤매며 홍명희를 찾고, 홍명희는 김일성의 재가를 얻어내 이광수를 병원으로 옮긴다. 홍명희는 이광수를 '친일분자'이자 '반혁명분자'로 보기 이전에 재승박덕한 친구로 생각했던 것이다.

새삼 벽초의 일화를 들추는 것은 얼마 전 받은 한 통의 메일 때문이다. 한국작가회의 충북지회에서 보내온 메일의 제목은 "홍명희 문학제를 함께 지켜주십시오"였고, 그 내용은 14년간 벽초의 고향인 괴산에서 진행되던 문학제가 보훈단체의 방해와 기관의 압력으로 예산 3천만 원이 전액 삭감되어 곤란을 겪고 있다는 것이었다. 현 정부의 눈엣가시인 방송인들이 줄줄이 퇴출된다는 소식이 들린다. 촛불집회에 참여했던 시민사회단체가 정부 보조금 지원 대상에서 빠졌다는 소식도 들린다. 돈에 대한 욕심이 세운, 돈에 빠삭한 정권이니 돈을 이용한 통제에 놀랍도록 탁월하다.

그런데 일련의 사태가 내게 불러일으키는 감정은 원한이나 분노 같은 게 아니다. 무력을 이용한 공안 통치가 주었던 두려움도 없다. 가슴속에서 거품처럼 부글부글 끓는 것은 혐오, 그리고 황당함과 짜증이다. 하도 '잃어버린 10년'을 운운하기에 대체 10년 사이에 그들이 아닌 사람들이 얻은 게 무언가 톺아보니, 아, 우리는 어느새 세련된 감각에 익숙한 쿨가이가 되어버린 것이었다!

그리하여 지난 6월(2009년) 젊은 작가들의 '한줄 선언'에서 내게 가장 인상적이었던 구절은 다름 아닌 시인 곽은영의 "촌스러워서 살 수가 없다"였다. 이성보다 감각이 먼저 이 시국에 진저리를 친다. 70년 전에 쓰인 《임꺽정》은 '조선의 정조(情操)'를 간직한 여전히 세련된 소설이다. 그런데 70년 후에 쓰이고 있는 이 소극의 대본은 촌스럽기가 어느 고릿적 감각인지 도무지 알 수가 없다. 손발이 절로 오그라든다. 촌스러워서 살 수가 없다!

*

'복고풍'이 유행이다. 우리말 왜곡과 훼손을 감수하고 패션 잡지식으로 말하자면, 컬리하고 부풀린 듯 볼륨감 있는 헤어스타일과 타이트한 짧은 가디건과 미니멀하지만 귀여운 디자인의 원피스와 프릴이 가미된 블라우스와 오버사이즈 아우터, 비비드한 컬러감의 액세서리와 스카프 등의 소품이 요즘 패션 트렌드다. 패션 외의 분야에서도 디스코풍의 음악, 수동 카메라 디자인의 디지털카메라, 추억의 학창시절 간식을 새 메뉴로 내놓은 패밀리레스토랑 등이 '복고풍' 열풍에 가세하고 있다.

'복고풍'과 '촌스러움'은 분명히 다르다. 밑위가 긴 '배바지'가 유행한다고 장롱 밑바닥에서 케케묵은 바지를 끌어내고, 넓은 옷깃의 외투가 유행이라고 엄마가 입던 나름 명품 옷을 꺼내 입어보라. '같은' 디자인의 바지와 외투라도 결코 '똑같을' 수 없으니, 우리의 눈은 이미 시간을 통해 원하든 원치 않든 진화했기 때문이다.

이번 정권의 가장 큰 적대(라기보다 혐오) 세력은 20~30대 여성이란다. 가장 '트렌디하고 엣지한' 감각을 가진 그녀들이 촌스러움과 복고풍을 구분하지 못할 리 없으니, 당연한 일이다.

일상의
힘

　　　　　　　　2009년, 겨울철 불조심 강조의 달 행사의
일환으로 강릉소방서의 명예소방서장 및 119명예홍보대사로 위촉
되었다. 그런데 이 명예로운 직책을 맡았다는 소식에 나를 개인적
으로 아는 사람들은 거의 우스워 미치겠다는 반응을 보였다. 굳이
예술 작품 창작을 위해 불을 지르는 작곡가의 광기를 그린 김동인
의 소설 〈광염소나타〉를 떠올리지 않더라도, 나는 방화범이 더 어
울리지 소방관에는 절대 어울리지 않는 '비행 중년'이기 때문이다.
위촉식에 가서까지 이런 어처구니없는 소리를 유머라고 지껄였더
니 점잖은 소방서장님이 성실하게 응대하신다.

　　"저희는 '방화'라는 표현을 쓰지 않습니다. '고의성 화재'라고 지
칭하지요."

그랬다. 나는 졸지에 그 지역 출신이라는 이유만으로 깜냥에 버거운 감투를 들쓴 것에 불과하지만, 그곳에서 만난 소방관 및 소방 관계자들은 목숨을 걸고 화재와 사고에 맞서 싸우는 분들이었다. 소방 활동과 지역 네트워크에 대해 보고받고, 난생처음 소화기 작동법도 배우고, 4년 전 무려 32시간 동안 동해안 250헥타르의 산림과 수많은 삶터와 낙산사까지 전소시킨 양양 고성 산불의 복구 현황을 듣는 동안 나는 점점 이 화마에 맞서 싸우는 전사들에게 감동받기 시작했다.

강연이랍시고 좌충우돌하고 갈팡질팡하는 내 인생과 문학에 대해 열없게 고백했을 때, 그분들은 어느 독자나 청중들보다 진지하게 이야기를 들어주었다. 강연이 끝나자 소방관 한 분이 다가와 말했다.

"작품의 큰 주제를 '사랑'과 '죽음'으로 잡고 있다는 부분이 인상 깊었습니다. 저희들은 언제나 생사를 다투는 현장에서 일하는지라 죽음에 대해 깊이 생각할 수밖에 없거든요."

어느 교육학자의 말대로, 체험을 넘어서는 지식은 없다. 그들의 깨달음은 책이나 학교가 아니라 일상적인 삶을 통한 것이기에 더욱 진귀하고 소중했다.

인간이 느끼는 육체적인 통증 중에 가장 큰 것이 불로 인해 팔다리의 말단부가 타는 작열통이라고 한다. 그런 극심한 고통을 번연히 알면서도 위험 속으로 뛰어들 수밖에 없는 이들이기에 죽음

만큼이나 삶의 순간순간을 의미 있게 받아들이는 것이다. 평생토록 소방관들과 생사고락을 함께하다 운명을 다한 119구조차가 마침내 폐차될 때에도 구조차는 폐차장으로 가기 전에 소방서의 차고 앞에서 소방관들이 지켜보는 가운데 퇴역 의식을 치른다. 과일 몇 가지와 막걸리를 차린 술상을 받고, 소방관들의 절도 받는다. 그들이야말로 절체절명의 위기에도 서로를 버리지 않은 '동료'들이기 때문이다.

정권이 바뀌고 수장이 교체되면 대부분의 정부 기관이나 국립 공공 기관들은 그야말로 난리다. 원칙을 내팽개친 채 알아서 기고, 기다 못해 삽질하여 땅속까지 파고들 기세다. 그러다보니 신뢰도는 바닥을 치고, '영혼이 없다'는 냉소적이고 부끄러운 소리까지 듣는다. 이런 난국에도 소방 조직이 공공 기관 신뢰도에서 부동의 1위를 차지하고 있다는 사실은 주의할 만하다. 소방 조직이 시민들의 전폭적인 신뢰를 받는 이유는 생활 속을 파고드는 일상의 힘 때문이다. 허황된 약속과 오해의 쳇바퀴가 아닌 가장 절박한 순간 우리의 손을 이끌어 감동을 주기 때문이다. 그것이야말로 사람다운 사람만이 갖는 '영혼'의 힘이다.

그런데 이들조차 2조 1교대(24시간 맞교대)에서 3조 2교대(3교대)로 근무 환경을 바꾸는 것이 최대의 과제라니, 나라 곳간은 삽자루 사는 일 말고는 이토록 열리기 어렵단 말인가? 부디 열악한 근무 환경이 하루바삐 개선되어 아름답고 고마운 분들이 안전하시길 빈다. 아, 그리고, 자나 깨나 불조심!

＊

모씨: 여보세요!

소방관: 여보세요!

모씨: 어······ 나는 도지사 김문수입니다.

소방관: 여보세요?

김문수: 여보세요!

소방관: 네, 소방서입니다. 말씀하십시오.

모씨: 도지사 김문수입니다.

소방관: ······.

모씨: 여보시오. 경기 도지사 김문수입니다.

소방관: 네, 네······ 무슨 일 때문에요?

모씨: 119 우리 남양주 소방서 맞아요?

소방관: 네, 맞습니다.

모씨: 이름이 누구여?

소방관: 무슨 일 때문에 전화하신 건데요?

모씨: 어, 어······ 내가 도지사인데 이름이 누구여? 지금 전화 받

는 사람? 여보쇼!

전화번호 119번은 행정안전부 산하 소방방재청이 주관하는 구호 시스템의 하나로 화재, 응급환자, 재난 발생 시 긴급 구조를 위해 365일 24시간 출동 태세를 갖추고 상황실을 운영하고 있다. 그러니까 엄청 바쁘고, 중요하고, 긴박하다. 공자님께서는 남이 알아주지 않아도 서운하지 않아야 군자(人不知而不, 不亦君子乎)라 하셨다. 군자의 반대말은 소인배려니, 아무리 심심해도 장난 전화는 하지 말자.

에세이
공모전

입선 비결

　　말하자면 나는 '선수'였다. 나름으로 '예향
(藝鄕)'인 고향에서는 지역 축제가 열릴 때마다 백일장을 프로그램
의 하나로 끼워 넣었고, 나는 일찍이 공책이나 사전 같은 상품에 혹
하여 학교 대표 선수로 열심히 그에 참가했다. 그러다보니 차차로
길속이 트여서 급기야 공모전에서 받은 상장으로 라면 박스를 가득
채울 정도의 화려한 입상 경력을 가지게 되었다.

　　그런데 이것이 자랑인가 하면 꼭 자랑일 수만은 없다. 그 공모전
이란 것의 절반 이상이 자라나는 새싹들에게 투철한 '의식'을 함양
하는 '반공' 글짓기였고, 나머지도 세금을 잘 내고 전기와 물을 아
껴 쓰고 공공질서를 잘 지키자는 구호를 앞세운 '관제' 글짓기에 가
까웠기 때문이다. 그럼에도 불구하고 염불보다 잿밥에 눈이 멀어,

훗날 글은 재주를 피워 짓기보다 온몸으로 써야 한다는 뼈아픈 진실을 깨달을 때까지 줄곧 그 요령부득한 요사를 피웠더랬다.

하여 왕년의 '선수'이자 이즈음 심사위원으로 입장이 바뀐 경험을 더해 에세이 공모전에서 입선할 수 있는 비결을 공개적으로 털어놔볼까 한다. 생뚱맞은 기밀 누설일지도 모르겠으나 대학생만큼이나 '스펙'을 쌓는 일이 긴요해진 중고생과 학부모에게 '급하게 찬 맥주를 먹고 싶으면 얼음을 넣어 마시라' 정도의 알뜰한 정보는 될 수 있으리라고 생각한다.

우선 공모전에 출품하는 작품을 쓸 때는 '첫 문장'이 중요하다. 심사위원들과의 첫 대면에서 인상적이고 강렬하며 전체의 내용을 통괄할 수 있는 문장을 선보여야 한다. 첫 문장이 아니면 첫 문단, 어쨌든 첫머리에 승부를 봐야 한다. 그와 함께 고려해야 할 것이 형식적인 특이성으로, 남들이 쓰는 틀에 박힌 방식과 다르게 표현하고 구성해 자신만의 개성을 보여줄 필요가 있다. 수백 편에 이르는 응모작을 심사하는 일은 피곤하고 지루하다. 따라서 초반에 엄정한 잣대를 들이댔던 심사위원들이 피로감과 마감 시간에 쫓겨 인간적 한계를 드러내기 전에 가능한 한 빠른 접수 번호를 받을 수 있도록 부지런을 떠는 세심함도 필요하다.

전문적인 문학상 공모를 제외한, 아마추어를 대상으로 한 에세이 공모전에서 형식보다 긴요한 입선 비결은 따로 있다. 작금년에 심사위원으로 참가한 국가인권위원회 주최 '인권 에세이 공모전'을 예로 들어보겠다. 예심에서 가장 먼저 걸러지는 작품은 '인권이란' 혹은 '인권의 정의는' 따위로 시작되는 글이다. 인권을 주제로 공모한 글에서 '인간으로서 당연히 가지는 기본적 권리'라는 사전적 정의는 동어 반복에 사족일 뿐이다. 그건 낮말을 얻어들은 새나 밤말을 주워들은 쥐새끼도 나불댈 수 있는 말이다. 중요한 것은 인권이 과연 내 삶과 일상에서 어떤 의미를 지니고 어떻게 실현되고 있느냐 하는 것이다.

장애인, 여성, 이주노동자 등 차별받는 소수자에 대해 말할 때에도 그들의 인권을 '보호'한다는 명분하에 대상화시킨 글은 좋은 점수를 받기 어렵다. 타자의 고통에 공감하며 나의 문제를 깨닫는 것이 변화의 시작이다. 작더라도 직접 겪고 느낀 것, 나 자신으로부터 시작해 외부로 확장되는 '인권 감수성'이 절실하다. 즉 '용례는 내 눈길이 닿는 곳, 반경 50미터 안에서 찾으라'는 것이 에세이 공모전 입선 비결의 핵심이다.

선수의 눈에는 선수가 보인다. 경험하지도 않고 경험한 척, 생각조차 없는 주제에 대단히 고심한 척하는 꼼수에는 넘어갈 리 없다. '잘' 쓴 글보다는 '좋은' 글이 오랜 감동으로 남듯 진정성은 허울 좋은 형식으로 눈속임할 수 없는 것이다. 그런데 어쩌랴, 초딩과 중고딩들도 일러주면 닝큼 알아먹는 진실의 비결을 아무리 가르쳐도 모르는 터이니!

＊

　2010년 국가인권위원회 주최 '인권 에세이 공모전' 본심 하루 전날, 현병철 위원장의 조직 파행 운영과 국가인권위 무력화에 반발하며 문경란, 유남영 상임위원이 전격 사퇴했다. 이런 마당에 인권 에세이 수상작을 선정하는 게 무슨 의미가 있을까 싶어 심사를 보러 가는 발걸음이 무거웠다. 그렇다고 예심을 거쳐 본심에 오른 학생들의 정성스런 작품을 외면할 수도 없는 지경, 아무러한 상황에서도 빛나는 '좋은' 글들을 몇 편 뽑고 울울한 마음으로 반성문이나 마찬가지인 칼럼을 썼다.

　그런데 칼럼이 신문에 게재된 직후, 고등학생 부문 대상으로 뽑힌 김은총 학생이 수상을 거부했다는 소식을 들었다. 열여덟 살의 그녀는 '수상 거부 이유서'를 통해 "현병철 위원장은 고등학생인 나도 느낄 만한 인권 감수성도 가지지 못한 것으로 보인다"며 "현병철 위원장은 나에게 상 줄 자격도 없다"고 밝혔다.

　평소 '타인에게 관대하고 자신에게 엄격하자'는 금언을 가슴에 새기(려 노력하)며 몸단속을 하고 살지만, 그날만큼은 오만방자 기세등등하게 나 자신을 칭찬했다.

　"나는 정말 훌륭한 심사위원이로구나! 진짜 '작품'을 뽑았으니까!"

'너무'
합니다

언제부터였는지는 알 수 없다. 한순간 주변 사람들의 입말에 '너무'라는 부사가 그야말로 '너무' 범람하고 있다는 것을 느끼게 되었다. 좋아도 예뻐도 '너무' 좋고 '너무' 예쁘다. 즐겁고 만족스러워도 '너무' 즐겁고 '너무' 만족스럽다. 대단히 길지는 않지만 짧다고도 할 수 없는 기간 동안을 영어권에서 살다가 돌아온 탓인지도 모른다. '너무'를 영어로 하면 '투(too)'인데, 그건 부정적인 뜻을 표현하는 부사다. '너무' 예쁘면 그 미모가 화근이나 근심거리가 된다는 뜻이다. '너무' 즐거우면 그러다가 꼴까닥 숨이라도 넘어갈까 불안할 정도라는 뜻이다.

한 번 신경을 쓰기 시작하니 일상이 괴로워지기에 이르렀다. 방송에서는 시민들의 인터뷰나 연예인들의 대사에 등장하는 '너무'

를 순화된 말로 바꾸어 자막을 내보내는 수고를 하기도 하지만, 그
것으로는 마구 쏟아지는 '너무'를 막아내기에 '너무' 버거워 보인다.
'너무'를 대신할 말로는 '정말로(거짓이 없이 말 그대로)', '진짜로(꾸밈
이나 거짓이 없이 참으로)', '매우(보통 정도보다 훨씬 더)', '아주(보통 정
도보다 훨씬 더 넘어선 상태로)', '많이(수효나 분량, 정도 따위가 일정한
기준보다 넘게)' 등의 부사들이 있지만, 어느새 사람들은 그 정도의
수식으로는 도저히 차고 넘치는 감정을 표현할 수 없게 되어버렸나
보다.

20여 년 전 국어 교과서에서 읽은 "인간은 언어의 매개를 통해
서 자아를 인식한다"는 글귀나, "언어가 정신의 기본"이라는 소쉬르
의 명제나, "무의식은 말실수를 통해서도 추론할 수 있다"는 프로이
트의 이론을 떠올려보면, 어느덧 한국인들은 '너무' 자연스럽게 부
정적 표현을 통해 긍정의 감정을 드러내고 있는 것이다. 긍정을 긍
정적으로 표현할 수 없는 왜곡과 과잉의 사회에서 모국어와 정신이
동시에 시달린다.

야릇한 것은 이토록 긍정을 부정으로 치환하는 세상에 도무지
긍정적으로 봐줄 수 없는 긍정이 범람하는 일이다. 공공의 이익을
목적으로 한다는 캠페인성 광고가 바로 그것이다. 공익광고에는 언
제나 선량하고 평범하게 생긴 사람들이 등장해 보통 사람들의 감정
이입을 자극한다. 하지만 연기된 보통 사람들은 '너무' 선량하고 '너
무' 평범해, 정말로 선량하고 평범한 사람들을 바보 취급하며 울화

를 돋운다.

　복지와 교육에 대한 현실적 문제는 깡그리 무시한 채 미래를 위해 아이들을 '쏨풍쏨풍' 낳으란다. '법'과 '원칙'이란 말의 사전적 의미가 '나 말고 너만 지켜야 하는 것'으로 바뀐 게 아닌지 어리둥절한 지경에, 선진국 국민이 되게 해줄 테니 정부만 철석같이 믿으란다. 살리기 전에 일단 죽이고 시작하려는지 지방 하천 정비 사업에서부터 문제점들이 우후죽순으로 생겨나는데, 전광판은 번쩍번쩍 4대강 살리기가 나라를 살리는 길이라고 악을 쓴다. 가스 요금, 기름 값이 무서워 아이가 없을 때는 수면바지와 수면양말로 중무장하고 냉골에서 곱은 손을 불며 글을 쓰는 19세기 작가 놀이를 하는데, 방송에서는 실내 온도가 엄청나게 올라가는데도 계속 팍팍 쓰다가는 언젠가 마음대로 쓸 수 없을 거라는 어이없는 설정의 광고가 나온다. 마음 같아서는 가수 김수희의 창법으로 쓰러지며 소리치고 싶다. 정말 '너무' 합니다!

　노자(老子)는 나라를 다스리는 일은 '조그만 생선을 삶는 일'과 같다고 했다. 생선살을 바스러뜨리거나 태워 먹지 않기 위해서는 조용하게 천천히 요리하지 않으면 안 된다는 것이다. '너무' 잘 먹고 잘 살 생각 따윈 없다. 그저 '너무' 지치거나 질리지 않기만을 바랄 뿐이다. 이것이 나의 '너무' 소박한 희망이다.

※

과잉의 시대가 과잉의 언어를 낳는다.

어제도 텔레비전 오디션 프로그램에서 심사위원들이 '너무' 열심히 노력해서 '너무' 감동적인 실력을 보여준 참가자들을 '너무도' 입이 마르게 칭찬하고, 예선을 통과해 '너무' 기쁜 참가자들이 자신을 뽑아준 심사위원들에게 '너무' 감사하는 장면을 '너무나' 질리도록 보았다.

또한 폭력의 시대는 폭력의 언어를 낳는다.

범람하는 '다르다'와 '틀리다'의 혼용은 시시때때로 귀와 더불어 마음을 괴롭힌다. 너와 내가 '다른' 것이 아니라 너와 내가 '틀린' 것이라면, 서로 같지 아니한 것이 곧 옳고 그름의 구분이 되어버린다.

부정의 표현이 긍정을 대신하고, 가부(可否)의 표현이 차이를 대체하는, 이런 세상을 견디기가 '너무' 힘겨울 뿐이다.

뒷다리로 걷는
강아지들의

역사

　　　　　　아주 오래전 일은 아니다. 근대 사회가 서
구 열강을 중심으로 세계 지배 구도와 세계 시장 진출에 박차를 가
하던 19세기까지도 이른바 '여류 작가'들은 자신을 숨기고 글을 쓰
지 않으면 안 되었다. 철학자 쇼펜하우어 씨께서 여자는 어린아이
와 남자의 중간쯤에 있다 하시고, 존슨 박사님께서 여자가 글을 쓰
는 일은 '뒷다리로 걷는 강아지'처럼 '모양은 좋지 않아도 사람을 놀
라게 한다'고 칭찬하시는 지경에 어지간한 용기나 배짱이 아니고서
야 감히 '여류 작가'로 커밍아웃하기가 쉽지 않았던 것이다. 그래서
버지니아 울프는 '자기만의 방 한 칸'에 그토록 목을 매었고, 뉴캐슬
후작 부인은 세상의 손가락질을 받다가 낙천적인 성격에도 불구하
고 반미치광이가 되었다. 글을 쓴다는 것은 여성이 투표권을 갖는

것만큼이나, 아니 그 이상으로 위험하고 도발적인 일로 취급되었다. 왜냐하면 글을 쓴다는 것이야말로 한없이 무애한 영혼의 자유, 어느 누구에게도 종속되지 않는 자기만의 삶을 주장하는 일이기에.

우리 역사에도 유사한 수난사가 있다. 중세 조선에서 글을 써 작품을 남긴 여성은 한글 창제 이후 일기와 서간 등을 남긴 궁중의 여인들을 제외하면 딱 두 부류다. 하나는 신사임당과 허난설헌 같은 사대부가의 여인이고 다른 하나는 황진이, 이옥봉, 이매창 등과 같은 기생이다. 두 부류의 사회적 지위는 극과 극이었지만 문자 교육을 받을 수 있었던 신분은 그들뿐이었다.

하지만 신사임당은 아들 율곡이 아니었다면 세상에 존재를 드러낼 수 없었고, 허난설헌 역시 동생인 허균이 상찬하고 중국에서 인정받지 않았다면 그대로 홍진에 묻혔을 것이다. 기생들의 시 역시 주 고객층인 양반들과 노니는 과정에서 우아한 기예의 하나로 여겨졌을 뿐 독립적인 작품 활동으로 취급되지 않았다.

19세기에 이르러 조선에도 김금원, 박죽서, 김운초, 김경춘, 김경산 등의 당찬 여성들이 등장해 여성들의 문예활동 모임인 삼호정(三湖亭) 시단을 결성했다. 시단의 리더 격인 김금원은 열네 살에 남장을 하고 홀로 금강산을 구경할 정도로 호방했고 작품에서 삶을 관조하는 여장부 풍을 드러내기도 했지만, 동인들은 서녀 출신에 양반의 첩이라는 특수한 지위에 있었다.

여성이 글을 쓰는 일이 위험하다고 여겨지는 이유 중 하나는 글

쓰는 여성들의 평탄치 못한 삶 때문이기도 하다. 한국 최초의 근대 여성 소설가로 꼽히는 김명순의 경우가 대표적인데, 그녀는 추문에 휩싸여 제대로 재능을 꽃피워보지도 못한 채 일본의 정신병원에서 홀로 죽었다. 하지만 김명순을 죽음까지 몰아넣은 것은 '여류 작가'의 특별한 '팔자'가 아니라 김기진과 김동인 등 좌우를 가리지 않고 몰려들어 물어뜯은 동료 남성 작가들이었다.

지금은 어느 때보다 여성 작가들이 왕성히 활동하는 시대이다. 하지만 200여 년 전까지만 해도 '뒷다리로 걷는 강아지'로 취급받던 선배들을 생각하면 키에르케고르의 저주가 역설적으로 되새김질된다.

"여자가 되었다는 것은 이 무슨 불행인가? 게다가, 여자이면서 자기가 그중 하나라는 것을 정말 모르고 있다는 것은 더할 나위 없이 지독한 불행이다."

나는 작가다. 그리고 여성이다. 그것을 잊지 않는 것이야말로 행복한 의무다.

*

예전처럼 반감으로 부르르 떨지는 않지만, '여류'라는 말을 들으면 여전히 멋쩍고 껄끄럽다. 아직도 '그들의 세상'에 끼어들기 위해 안간힘 쓰는 느낌, 참으로 다른 세계를 지닌 이들과 단지 생물학적 성별에 의해 졸지에 한통속으로 묶이는 기분 탓이다. 무릇 개성을 가진 모든 인간이 그러하겠지만, 작가는 자신의 세계 속에서 제왕이자 신민이고, 가장 높고도 가장 천하며, 남자이자 여자이고, 그모든 것이면서 아무것도 아니다. 경계가 사라진(혹은 사라져야 마땅한) 세계에서 경계를 주장하는 것은 무지이거나 악의이거나 부주의 때문이다.

그럼에도 '여류'라는 말로 덩달아 싸잡히는 같고도 다른 '동료'들과 함께 나눌 무엇이 있음에, 편견과 오해에서 벗어나 그 불행과 불편을 이해할 수 있음에, 한편으로는 '여류'의 이름이 참으로 고맙다.

토굴을
찾아서

해 가기 전에 얼굴이나 보자는 말치레가 씨가 되어 연일 분주하다. 어젯밤의 즐거움만큼 괴로운 아침에 배를 깔고 엎어졌노라니 얼마 전 읽은 신현수 선생의 시 한 대목이 떠오른다. '말 많이 하고 술값 낸 날은 / 잘난 척한 날이고 / 말도 안 하고 술값도 안 낸 날은 / 비참한 날이고 / 말 많이 안 하고 술값 낸 날은 / 그중 견딜 만한 날'이지만 '엘리베이터 거울을 그만 깨뜨려 버리고' 싶을 만큼 괴로운 날은 '말을 많이 하고 술값 안 낸 날'이라는…… 자의식 강한 술꾼의 명시다. 자본을 거부하는 저항적 자세나 금전을 비천하게 여기는 군자연한 태도와 상관없이, 돈은 욕망 혹은 마음과 함께 움직이는 기묘한 물건이다. 아리딸딸한 술꾼에게조차 지갑 개봉의 심리는 심오할지니, 행여 따돌리고 싶은 거머리

꾼이 있다면 급전 좀 돌려달라고 해보라는 우스갯소리가 이해됨 직
하다.

그러하기에 용산참사 추모 행사에서 '불법 폭력 시위'를 주도한
혐의로 징역을 살고 나온 박래군 형이 시민과 인권활동가를 위한
공간인 인권센터 건립 기금 10억을 모금하겠다고 나섰을 때 걱정이
앞설 수밖에 없었다. 금액의 크기는 차치하고 그 전부를 나라와 대
기업의 지원을 받지 않고 순수한 시민들의 십시일반으로 모으겠다
니, 아무튼 래군이 형은 사서 고생의 달인이었다.

예상대로 형은 지난 1년 동안 말마따나 불철주야 고군분투했
다. 강연회, 콘서트, 뮤지컬, 전시회 등 오만 깍두기판을 벌이다 못
해 천릿길 대장정에 나서 제주 강정마을에서 비무장지대 생명평화
동산까지 온 나라를 쏘다녔다. 하지만 곡진한 노력에도 불구하고
애초의 목표는 쉽게 달성될 기미를 보이지 않았다. 당면한 투쟁 과
제가 즐비한데 왜 뜬금없는 인권센터 건립이냐는 질문들이 무성했
다. 눈에 뻔히 보이는 현실도 외면하는 세태에 눈에 보이지 않는 미
래를 준비하자는 호소가 통하기 어렵다. 진보와 보수를 떠나 아무
리 대단한 명분이라도 극적인 사건이나 그럴듯한 이벤트가 아니면
쉽사리 지갑을 열지 않는 것이 오늘날을 지배하는 돈의 논리요 문
법이다.

그럼에도 2011년 12월 14일, 서울 정동 프란체스코 교육회관에
서 열린 후원의 밤에서 만난 래군이 형과 인권재단 '사람'의 활동가

들은 지쳐 보이지 않았다. 지금까지 모금된 액수는 목표의 반도 채 미치지 못했지만, 그들은 연신 함박웃음으로 동전이 가득 든 작은 저금통과 그것을 내미는 따뜻한 손들을 마주잡았다. 그 모습을 지켜보노라니 '일정한 재산이 없으면 일정한 마음을 지키기 어렵다(無恒産子無恒心)'는 맹자의 말씀과, 신자유주의가 그려낼 디스토피아를 대비해 기억과 가치를 전승할 '토굴'을 파야 한다는 〈한겨레〉 안수찬 기자의 제언이 동시에 떠올랐다.

아무리 시절이 하수상하고 전망이 암울해도 누군가는 다가올 새날을 위해 저축을 하고 살터를 확보해야 한다. 미래가 현재를 일으키는 힘이 되어 '지금 여기'에 존재할 때, 그를 대비한 재산은 탐욕이 아니고 토굴은 은둔이 아니다. 산술적인 계산으로 10억은 10만 명이 1만 원씩 내면 모이는 돈이지만 그것은 1만 원짜리 10만 장이 아니라 10만 개의 마음이기 때문이다. 한 사람 한 사람이 정성으로 지어낸 마음이 인권센터라는 토굴의 주춧돌이기에, 래군이형은 표 팔고 그림 팔고 저금통을 돌려 아무러한 환난이라도 견뎌낼 굳건한 마음을 모으고 있는 것이다.

문득 부자가 아닌 것이 속상한 날이 있다. 형을 글감으로 삼은 고료라도 내놓고 먹었으니 그럭저럭 견딜 만하다고 스스로 위로하며 돌아오는 밤, 버스 차창 너머로 정처를 모르는 수많은 마음들이 배회하고 있다. 외투 주머니 속에 바스락거리는 종이 저금통을 만져본다. 이 저금통 가득 채울 마음을 찾아, 토굴을 찾아 겨울 거리로 나설 때다.

*

　토굴을 찾는다. 아무러한 땡볕 속에서도 상하고 물크러지지 않을 서늘한 토굴, 아무러한 추위 속에서도 칼바람과 눈보라를 피할 따뜻한 토굴. 기왕이면 조금 넉넉해서 누군가를 초대해 따뜻한 밥 한 끼 나눠먹을 수 있으면 좋겠다. 기왕이면 혹렬한 더위와 추위가 물러날 때까지 그곳에서 버텨내서 좋은 새날을 보았으면 좋겠다.

5월 27일,
날씨 맑음

　　　　　　　3주에 한 번씩 쓰기로 한 칼럼의 여섯 번째 게재일이 5월 27일임을 확인하는 순간 가슴이 철렁 내려앉았다 (2009년). 포스트모던에 디지털 시대를 살면서도 촌스러워서 여전히 이렇다. 나이를 마흔이나 먹도록 철이 없어서 아직도 이렇다. 시간이 이만큼 흘렀는데도, 가스 불 끄는 것을 잊어 새까맣게 태워 먹은 냄비가 숱한 주제에, 또다시 잊지 못해 아프다. 연고가 전혀 없는 머나먼 곳의 이야기였지만, 그래서 그때는 아무 영문도 모르고 흘려보낸 봄날이기에 더욱 안타깝고 미안하다.

　얼마 전 광주로 짧은 여행을 다녀왔다. 완만한 능선이 아름다운 무등산을 돌고 김삿갓이 마지막 숨을 거둔 적벽 앞에서 매운탕을 안주 삼아 잎새주를 마셨다. 그 길에 금남로와 옛 전남도청을 지났다. 검은 만장이 드리워진 도청 별관에는 '철거'라는 글씨가 선명하게 박혀 있었다. 논란이 분분한 가운데 지역신문이 실시한 여론조사에서는 철거 반대보다 찬성 의견이 높았다 한다. 사람의 눈만큼이나 간사한 것이 또 있을까. 최첨단의 빌딩들이 으리으리하게 늘어선 도심 한복판에서 별관 건물은 초라하고 왜소하게 보이는 게 사실이다. 개발주의와 실용주의에 열광하는 사람들에게는 도시 미관을 해치는 흉물스러운 낡은 것으로밖에 여겨지지 않을는지도 모른다.

대학에서 학생들을 가르치는 K선생은 젊은 세대가 느끼는 5·18이 우리가 느끼는 6·25와 크게 다르지 않을 것이라고 하셨다. 1950년에서 1980년까지가 30년이고 1980년에서 2009년까지가 거의 30년 세월이니, 그 말씀이 맞을 것이다. 그러니 그들의 무관심과 무감각을 질책하거나 개탄할 방도도 딱히 없을 터이다. 하지만 자동차가 도청 앞 분수대를 끼고 돌 때, 내 귓전에는 문득 쉬지근한 듯 우렁우렁한 목소리가 스쳐갔다.

"너희들은 이 모든 과정을 지켜보았다. 이제 너희들은 집으로 돌아가라. 우리들이 지금까지 한 항쟁을 잊지 말고 후세에도 이어가길 바란다. 오늘 우리는 패배할 것이다. 그러나 내일의 역사는 우리를 승리자로 만들 것이다."

윤상원, 노동자를 위한 들불야학의 교사. 그는 1980년 5월 27일 새벽 도청에 계엄군이 투입될 것이라는 정보를 입수하고 여성들과 고등학생들에게 귀가를 종용하며 그렇게 말했다. 커튼에 싸인 총상 입은 시신마저 수류탄의 폭발로 소각되어 말 그대로 한 줌의 재로 남은 윤상원 열사는 그때 서른 살이었다.

　내가 처음 '광주 학살'을 알게 된 것은 합격증을 받으러 갔던 대학 학생회관에서 열린 사진전을 보면서부터였다. 애초부터 그따위 명명을 좋아하지도 않았지만 지금은 이것이 영광의 이름인지 치욕의 이름인지 헷갈리기만 하는 '386세대'의 막차를 타게 된 배경에도 어김없이 5월 광주가 있었다. 나의 젊은 날은 그것의 슬픔과 분노와 절망과 희망을 뿌리 삼아 자라났다. 그리고 어쩌면 지금까지도 그 거대한 뿌리에 기대어 부박한 현실을 앙버티고 있다.

　인류학자들에 의하면 인간은 이미 네안데르탈인 시대부터 죽음을 슬퍼하며 의식을 치렀다고 한다. 한편에서는 역사를 강자들의 기록이라고 냉소하지만, 나는 역사란 기억하는 자들의 것이라고 믿는다. 잊지 않고 마음껏 슬퍼하리라. 의롭게 죽은 자들을 기억하며 슬퍼하는 일이야말로 인류의 일원으로서의 본능이자 살아남은 자로서의 의무일 테니.

*

　신춘문예 심사가 진행되던 〈광주일보〉 회의실 창문 밖으로는 거대한 공사장이 펼쳐져 있었다. 무얼 짓는지 기자에게 물어보니 '국립아시아문화전당'이란다. '쾌적하고 품격 있는 평화예술도시'의 '문화적 도시 환경'을 조성하기 위해 공연장과 전시장과 도서관을 구축하는 공사가 한창이란다. 그런가보다, 완성되기까지 먼지가 참 많이 날리겠네, 했다. 그러다가 "그럼 철거한다던 전남도청은 어디 있나요?"하고 물으니, 거시기가 거시기란다. 광주민중항쟁 당시 시민군 본부로 사용된 본관의 외관은 그대로 두고 지하 10개 층에 주요 시설물을 지하 광장 형태로 집어넣어 '역사적 건물의 기념비화'를 꾀한단다.

판판 놀리자니 도심 한복판 금싸라기 땅이 아깝고, 싸그리 철거하자니 역사의식 없다는 지청구를 솔찮게 듣겠으니, 후손들은 그렇게 꽝꽝 얼어붙은 땅을 뒤져 깊디깊은 구덩이를 파고 있다. 환청처럼 함성 소리, 노랫소리가 들리는 듯도 했지만 불도저 크레인의 굉음에 사그리 묻혀버렸다. 오직 기억만이 눈발처럼 흩날리는 한겨울의 봄날이었다.

할머니는
집에

없다

　　　　　　고향집에 연락하기가 좀처럼 쉽지 않다. 10여 년 전 명예퇴직을 한 어머니와 5년 전 정년퇴직을 한 아버지가 사는 집은 자주 비어 있다. 보통은 노부모가 자식의 전화를 기다리며 노심초사하고 애태우는 것이 일반적인 모습 아닌가? 그런데 우리 집은 어떻게 된 것이 자식들에게 아무리 급한 일이 있어도 집으로 전화를 해서는 부모와 통화하기가 쉽지 않다. 그나마 휴대폰이라도 있으니 다행이지, 아니, 그조차도 아주 수월한 일은 아니다. 휴대폰은 자주 꺼져 있고 받으면 "지금 바쁘니 나중에 통화하자"는 말만 듣는다. 나이 사십을 넘어도 여전히 애물단지인 자식들 말고 애지중지 끔찍하게 사랑하는 손자가 안부 전화를 드려도 마찬가지다. 할머니, 할아버지는 집에 없다.

얼마 있으면 칠십 대에 접어들 어머니와 아버지의 스케줄이 나보다 더 빡빡하다. 일주일에 한 번씩 '난타'를 치고 드럼도 배우러 다녀야 한다. 노래교실은 일주일에 두 번, 너무 분주해 어머니는 주부대학을 휴학했다지만 문화원의 교양 강좌는 꼬박꼬박 참석해 듣는다. 적십자 활동에 지역 봉사 모임까지, "바빠 죽겠다!"는 비명을 지르면서도 그들의 용맹무쌍한 사회 활동은 멈출 기색을 보이지 않는다. 집에 틀어박혀 있으면 아프기만 하고 하루 종일 텔레비전을 보는 것 말고는 할 일이 없기 때문이란다. 즐겁게 살다가 주위에 폐 끼치지 않고 떠나려면 몸과 마음의 건강을 지키기 위해 끊임없이 움직여야 한단다. 그러니 '무소식이 희소식'이라는 말을 믿고 각자 열심히 살면 된다고 주장하는 부모님을 둔 나는 분명히 행복한 자식이다. 자유롭고 독립적인 가족 관계는 나를 키우고 북돋워온 힘이다.

출산율의 저하와 평균 수명의 연장으로 미래는 '고령화 사회'가 될 것이라는 예측이 나온 지는 이미 오래되었다. 10년에서 15년까지의 삶이 더 주어졌을 때 그 시간을 어떻게 활용하고 견뎌야 할지에 대한 새로운 고민이 시급해졌다. 물론 가장 큰 문제는 부쩍 늘어난 노후기간에 삶의 질을 보장할 경제적 기반의 형성이다. 노후대책을 어떻게 마련하였는가에 따라 노년 생활의 모습은 현저히 달라진다. 연금과 노후자금 등으로 기본적인 생활비를 확보한 노인의 경우 적절한 문화의 향유 및 사회관계를 유지할 수 있지만, 자식들을 기르고 가르치고 결혼시키느라 제대로 노후대책을 세우지 못한 경우는 여전히 힘이 부치는 노동에 종사하거나 집 밖을 쉽사리 나서지 못하고 우두망찰하게 집 안에 갇혀 있을 수밖에 없다.

하지만 경제적인 문제를 차치하고도 노년의 삶의 질을 규정하는 요소는 또 있다. 사회심리학자들이 노년기의 가장 큰 특성을 '융통성의 저하'라고 지적하는 바와 같이, 정신없이 변화하는 세상 속에서 그 속도를 따라잡지 못하는 노인들은 자칫하면 퇴물 취급을 받게 된다. 지하철 경로우대석이 유일하게 유세를 부릴 자리인 양 임산부와 몸이 불편한 사람에게까지 '젊은것' 운운하며 목청을 돋우는 노인들을 보면 화가 나기보다는 서글프다. 그 너그럽지 못한 강짜와 우격다짐은 그들이 얼마나 사회적으로 취약하고 소외된 계층인가를 드러내는 징표에 다름 아니기 때문이다.

그런가 하면 최신 정보를 민감하게 받아들이고 재교육 프로그램에 참여하며 '제2의 삶'을 꾸려 나가는 어르신들도 있다. 손자 손녀를 보느라 꼼짝 못하고 폭삭 늙을 수는 없다며 '반란'을 꾀하고, 지역 사회 활동에 적극 동참해 여론을 주도한다. 이에 대해 정신과 전문의 하지현 교수는 '나이듦의 양극화'를 지적하며 한국의 노인들을 온몸으로 변화를 거부하지만 불안에 떨며 소외받고 있는 그룹과 어느 정도의 경제적 여유를 기반으로 자신의 자아실현과 행복 추구를 제일의 가치로 두는 그룹으로 구분한다. 그의 말대로 미래에는 두 번째 그룹이 실질적 주류가 될 가능성이 크지만, 더 분명한 것은 우리는 누구나 둘 중의 하나에 속할 수밖에 없다는 사실이다.

어머니와 아버지를 보며 나의 노년을 상상한다. "미래에 우리가 어떤 인간일 것인가를 모른다면, 우리는 지금 우리가 누구인가도 알지 못한다"는 시몬 드 보부아르의 말을 상기한다. 미래에 나는 어떻게 살게 될 것인가? 오늘 나는 어떻게 살아야 하나?

＊

고대 그리스인의 평균 수명은 19세였다. 16세기 유럽인들의 평균 수명 역시 21세에 불과했고, 18세기 프랑스에서 겨우 30세에 다다랐다. 한국에서 육십갑자의 '갑(甲)'으로 되돌아온다는 환갑이 평균 수명이 된 것은 1970년이었다. 그리고 2010년 기준으로 한국인의 평균 수명은 80세, 2040년에는 바야흐로 평균 수명 90세가 예상되고 있다.

전통사회에서 장수(長壽)는 오복의 하나였고 조선시대에 80세가 넘은 노인은 나라에서 베푼 잔치에 초대되기도 했지만, 21세기 고령화 사회에 접어든 한국의 노인들은 소득빈곤율과 자살률에서 OECD 국가 중 1위를 기록하고 있다. 죽음보다 삶이 더 큰 공포로 느껴지는 것만큼 슬픈 일이 또 있을까? 행운과 재앙, 축복과 저주의 틈새에서 우리 모두가 꾸역꾸역 나이를 먹는다. 어느 누구도 빠져나갈 수 없는 시간의 그물에 갇힌 채로, 오늘의 나를 알기 위해서라도 미래의 우리를 고민할 때이다.

《빨간 책》을
보다

　　　　　　　그 시절은 내게 상처도 훈장도 아니다. 오직
서툰 만큼 용감하고 어리석은 만큼 아름다웠던 청춘, 봄싹처럼 파
란 한창때였다. 세상의 질서에 길들여지지 않았기에 세상을 바꾸고
싶었고, 뜨겁게 삶을 껴안고 싶었기에 역사에 아프고 정의에 목말
랐다.

　　그런 지난날의 내 모습과 꼭 닮은 젊은 벗들을 20년이 지난 후
다시 만났다. 21세기 한국대학생연합과 한국대학생문화연대에서
주관한 '청춘전략포럼'의 문학 강연에서였다. 강산이 두어 번쯤 변
하는 동안 '백만 학도'는 3백 만 대학생이 되고 시대도 사람살이도
어지간히 바뀌었다. 대학에서 교양 및 인문학을 가르치는 친구 하
나는 수업 중에 1986년 분신 사망한 고(故) 김세진·이재호 열사를

이야기했다가 몹시 당황스런 일을 겪었다고 했다. 죽음이라는 극한의 희생을 감수하며 외쳤던 구호가 '전방입소 반대'였다고 말하는 순간 학생들 사이에서 뜻밖의 폭소가 터졌던 것! 친구는 더 이상 수업을 진행하지 못할 정도로 화가 났다지만 그 웃음이 열사들에 대한 냉소나 비소가 아니었음은 분명하다. 웃음의 원리 중 하나는 모순 이론일지니, 사람들은 자신의 논리로 이해할 수 없거나 전혀 예상치 못한 상황이 벌어질 때 본능적으로 웃음을 터뜨린다. 친구의 제자들은 그저 25년 전 저희의 동년배였던 젊은이들의 절박함과 분노와 열정을 도무지 이해할 수 없었던 것이다.

그런데 이런 시절에 이런 세대의 '운동권'이라니?! 후배이자 아들딸 같은 그들을 만나러 가는 심경은 어느 때보다 복잡했다. 만나면 할 얘기가 아주 많을 것 같았다. 아니, 선배랍시고 할 말이 아무것도 없을 듯도 하였다. 누군가는 사회 모순에 분노하지 않고 패기도 없는 젊은 세대에게 아무런 희망이 없다고 질타하지만, 그들이 신자유주의의 무한 경쟁에 내몰린 채 1년에 천만 원이 넘는 등록금을 감당하기 위해 아르바이트를 하다 목숨까지 잃는 몹쓸 세상을 만든 것은 바로 나를 포함한 기성세대다. 마땅히 그들에게 미안해해야 할 뿐더러 나잇값을 하려면 설교보다는 자기성찰이 우선이다.

어쩌면 궁지에 몰려 주눅이 들었거나 고립된 채 소수파로 전락해 턱없이 강경해졌을지도 모를 후배들을 상상하며 강의실의 문을 열었을 때, 나를 맞은 것은 무엇으로도 훼손할 수 없는 젊음으로 눈부신 그들이었다. 물론 학생운동의 쇠퇴와 현실적인 불안으로 예전보다 훨씬 적은 수였지만 고민의 치열함과 실천의 의지에서 선배 세대보다 못할 것이 없었다. 다만 시대와 세대가 변화했기에 표현 방식과 정서가 다를 뿐이었다. 20년의 세월을 뛰어넘어 같고도 다른 그들이 신기했다. 신기하다는 무례한 표현은 내가 그들을 이해하지 못해 오해했다는 증거이기도 하다.

강연이 끝나고 포럼의 기획단장은 얄따란 문집 한 권을 건넸다. 공교롭게도 필자 중 문학 전공자는 한 명도 없는 소박한 문집의 제목은 《빨간 책》! 내용이 야하거나 불온해서가 아니라 표지가 빨간 책이었다. 하지만 빨간 것은 표지 색깔만이 아니었다. 명문대 합격자의 사진과 이름이 박힌 플래카드가 휘날리는 학원, 여섯 살짜리가 알던 세상 전부를 뒤바꿔버린 IMF, 유년의 추억을 모두 묻어버린 아파트 재건축, 그리고 연대와 나눔과 희망의 생생한 증거인 희망버스까지……. 젊은 그들이 겪은 아픔과 그것을 극복하려는 열망이 고스란히 배어 있어 빨간 책이었다.

물론 그들은 서툴고 거칠다. 모쪼록 피하길 바랐던 구세대의 전철을 밟는 안타까운 모습도 보인다. 하지만 좌충우돌하며 실패하고 좌절하는 것조차 젊음의 권한이자 의무일지니, 우리가 해야 할 유일한 일은 그들을 믿고 기다려주는 것뿐이다. 미래는 어쨌거나 그들의 몫이다.

✳

젊은 날엔 젊음을 모르고

사랑할 땐 사랑이 흔해만 보였네.

하지만 이제 뒤돌아보니,

우린 젊고 서로 사랑을 했구나……

　　이상은의 노래 〈언젠가는〉의 가사가 가슴을 후벼 팔 무렵부터, 나는 젊지 않았다. 더 이상 젊지 않음을 알기에 서럽고, 가뭄에 콩 나듯 올동말동 한 사랑에 쓸쓸할지라도, 젊음을 몰랐던 젊음과 흔한 줄만 알았던 사랑을 뜨겁게 낭비하고 기꺼이 탕진한 시간은 돌이켜 여전히 아름답다. 고통과 좌절과 번민에 부대끼면서도 그 시간을 견뎌낸 내가, 부끄러울 것도 자랑스러울 것도 없지만, 고맙다. 그 상처뿐인 영광이 있었기에 나를 꼭 닮은 삶의 후배들을 만나 이렇게 다시금 설렐 수 있으니.

기억한다는 것,
잊는다는 것

백일하에 내 가공할 만한 건망증에 대해 고백한 지는 이미 오래되었다. 공과금의 납부기한을 넘겨 연체료를 물고, 휴대폰을 손에 들고 휴대폰을 찾거나 엉뚱하게 냉장고 속에 넣어두어 꽁꽁 얼리고, 장바구니까지 챙겨 들고 나섰다가 뭘 사겠다는 작정이었는지를 까먹고 털레털레 되돌아오는 일은 더 이상 놀랍지도 않은 해프닝이다. 의학용어로 '단기기억장애'라고 불리는 건망증은 시간이 지날수록 회복되기보다는 시나브로 악화된다. 어쩌면 '알콜성 치매'의 전조인가 보다고 농담조로 말하지만, 방금 전에 일어난 일조차 감쪽같이 잊어버리는 내가 때로 무섭다. 어쩌면 그러하기에 끊임없이 순간을 기록하고, 소설 쓰는 법까지 잊을까봐 일중독자의 꼴로 원고에 매달리고, 어제도 내일도 모르는 채 오로지 오늘만을 살겠노라고 선언하는지도 모른다.

이처럼 기억이 부리는 요사가 또 하나 있다. 많은 사람들이 경험하는 바대로, 나이를 먹을수록 시간이 빨리 흐르는 것처럼 느껴지는 것이다. 20대에는 시속 40킬로미터, 50대에는 시속 100킬로미터, 70대에는 시속 140킬로미터로 세월이 지나간다는 속설이 있거니와, 간단한 셈으로도 열 살짜리 아이에게 1년이 인생의 10분의 1이라면 마흔 살의 어른에게 1년은 40분의 1에 해당한다. 그토록 시간이 길고 지루하게만 느껴졌던 시절이 언제였던가 싶다. 돌아서니 봄이 가고 여름에 접어든다. 가을인가 하면 금세 겨울이라, 한 해가 또 그렇게 훌쩍 지나버릴 것이다. 누가 우리의 등을 이리도 세차게 떠밀고 있는 것일까?

이처럼 24시간으로 정해진 하루와 365일로 약속된 한 해의 길이는 변함없음에도 불구하고 더 빨리 시간이 흐르는 것처럼 느끼는 야릇한 시간 감각에 대해, 미국의 철학자이자 심리학자인 윌리엄 제임스는 '기억'으로 그 조화를 설명한다. 그에 의하면 기억이 시간 감각의 핵심을 차지하고 있으며, 시간의 길이와 속도는 바로 기억 속에서 만들어진다는 것이다. 흑백필름처럼 단조로운 기억을 가진 사람에게는 회상도 지극히 단순할 수밖에 없다. 매일이 쳇바퀴를 돌리듯 평범하다면 역설적으로 한 달과 한 해는 무섭도록 빨리 지나는 것처럼 느껴진다. 따라서 인생을 길고 알뜰하게 쓰는 방법 중의 하나가 바로 여행을 즐기며 사는 것이다. 여행지에서는 모든 것이 완전히 새롭다. 낯설기에 불안하고 두렵기는 하지만 기억은 시시각각 빼곡하게 들어찬다. 시간과 돈을 투자해야 하는 여행이 쉽지 않다면 가장 간단하고 값싸게 기억을 사는 방법이 바로 독서다. 한 권의 책은 구태의연한 생각과 무뎌진 감각을 뒤흔들고 읽는 이를 순식간에 낯선 시간 속으로 데려간다.

그렇게 우리는 기억한다는 것과 잊는다는 것 사이에서 흔들린다. 때로는 기억해야 할 것을 기억하지 못하는 어리석음에 빠지고, 잊어야 할 것을 잊지 못해 몸살을 앓기도 한다. 상처는 잊어야 하겠지만 아프더라도 기억해야만 하는 것 역시 존재한다. 이렇게 주저리주저리 기억의 요사를 중얼거리는 이유는 문득 작년 이맘때가 떠올라서다(2009년 5월).

벌써 일 년이다. 시간도 참 빠르다. 그때 영결식에 부쳐 썼던 칼럼의 첫 문장이 "사랑을 잃고, 그래도 나는 산다"였는데, 그 말대로 살아졌다. 때로는 분노와 슬픔까지도 까맣게 잊고. 하지만 지금도 여전히 그 비보를 처음 들었던 순간의 기억만은 생생하다. 그때 나는 금강으로 철새를 보러 가는 아들에게 새벽밥을 지어주고 일찍 컴퓨터 앞에 앉아 있었다. 너무도 충격적인 사실 앞에 믿을 수 없어 울지도 못했던 그 낯선 아침. 중증의 건망증 환자인 내게조차 선명하게 각인된 기억을 거짓말처럼 한 해가 지나 돌이킨다. 과연 무엇을 기억하고 무엇을 잊어야 하나? 그가 남긴 삶과 죽음의 수수께끼가 오늘따라 더욱 무겁고, 무섭다.

*

　누군가가 '잃어버렸다는 10년' 중에 일어났던 일이다. 대통령이 3·1절 기념사에서 일본 정부에 과거사 청산과 관련한 배상문제를 제기한 데 대해 〈한겨레〉 칼럼에, "좋은 사회라면 공적인 영역에서 더욱 엄정한 반면 사적인 영역에서 철저히 개인의 자유를 보장해야 옳다. 그리고 내 경험으로 미루어보아, 대통령의 쌍꺼풀 수술은 대단히 잘된 편이다. 쌍꺼풀은 무죄다. 문제는 얼마나 그 눈을 부릅뜨고 단호히 약속을 지켜내느냐 하는 것뿐이다"라고 썼다가 인신 모독을 포함한 악성 댓글 폭탄 세례를 받았다. 그때 대통령의 평판은 최악이었다. 아무나 아무 일에나 아무렇지도 않게 그를 탓하며 욕했다. 그래서 나도 공연히 속 시끄러워지기 싫어 더 이상 아무 대꾸도 않고 흘려버렸다.

　그런데 3년 전 아침 그의 부음을 들었을 때, 문득 떠오른 것이 그때 그 칼럼이었다. 그때 귀찮다고 외면하지 말걸, 쌍꺼풀은 그때나 지금이나 아무런 죄가 없는데……. 지독한 건망증 속에서도 그 잔인했던 봄날이 날이 갈수록 선명해짐은 이처럼 누추한 후회와 억울함 때문일 것이다.

제일 센 힘은
바닥을 칠 때

나온다

       마지막 한 장의 달력도 폐지수거함에 들어갈 날이 얼마 남지 않았다. 겨우겨우 살아가기에 겨울이라지만 12월은 아무래도 글을 다 쓰거나 그림을 다 그리고 난 뒤에 남은 먹물, 여적(餘滴)만 같다. 한 해의 반절을 붙안고 씨름했던 원고를 탈고해 시원섭섭한 상태에서 하릴없이 술자리를 기웃거리고 다닌다. 이른바 지난해를 성찰하는 송년회라지만 올해는 순화되지 않은 표현을 써서라도 망년회라 불러야지 않을까 싶다. 지난 시간을 돌이키노라니 잊고 싶을 만큼 수고롭고 괴로웠던 일들이 되살아나 술잔을 비우는 속도가 빨라진다. 제각각 고단하고 고독했던 사람들의 넋두리와 하소연을 듣노라면 현진건의 소설 한 구절이 입안에서 알알하게 맴돈다.

"그 몹쓸 사회가, 왜 술을 권하는고!"

사랑하는 사람들을 많이 잃은 한 해였다(2009년). 개인적으로
몇몇 친구를 어이없는 사고로 떠나보냈고, 사회적으로도 빛나던 사
람들을 맥없이 놓쳤다. 슬픔보다는 황당함이, 분노보다는 냉소가
흘러나오는 일이 허다했다. 한 번도 뉴스라는 것을 처음부터 끝까
지 듣고 볼 수 없었고, 권력이라는 것이 벌이는 역겨운 촌극에 질려
유머 감각 유지를 위해 챙겨보던 코미디 프로마저 볼 필요가 없어
졌다. 그런데도 유행가 가사처럼 내가 웃는 게 웃는 게 아니다. 기
신기신 밥벌이를 하여 꾸역꾸역 먹고살지만 그조차 더럽고 치사해
자주자주 부끄러워진다.

그럼에도 세상일이 대개 그렇듯 모든 것이 완전히 나쁘지는 않
다. 잃고 나서야 비로소 가졌을 때 몰랐던 소중함을 알고 감사하게
되었다. 사람은 잃었지만 사랑을 얻었고, 혼탁한 시류 속에 무엇이
옥이고 무엇이 돌인지를 가려보게 되었다. 수준 이상을 성취했다고
자만했던 상식과 이성이 얼마나 허망하게 무너지는지, 피의 대가로
얻은 민주주의가 무자비한 탐욕 앞에 얼마나 볼썽사납게 능멸당
하는지도 보았다. 이렇게 따지고 보니 수경 스님이 왜 그를 '역행 대
보살'이라 부르셨는지를 알겠다. 역사의 신은 어리석은 인간을 위해
때로 선지자 대신 반면교사를 보내주신다.

졸지에 깨달음을 얻게 된 건 고마운 일이지만, 다만 걱정이 되

는 것은 '한다면 (안 한다고 하고) 하는' 미친 불도저의 시대에 그 빈약한 삶터조차 지켜내기 쉽지 않은 이웃들이다. 언젠가 이야기할 생각에 모아두었던 장애인 단체 소식지의 마지막 헤드라인은 '장애인연금, 10명 중 2명도 못 받는다'였다. 일본인 유가족들 앞에는 냉큼 무릎부터 꿇어 바치면서도 용산참사 유가족들 앞에서는 구렁이 똬리 틀듯 가부좌하고 앉은 지 오래니, 무슨 사업인지 삽질인지를 한다며 한겨울 강추위에 철거를 강행하는 건 별일도 아니다. 언제부터인가 지원금이 끊겨 운영이 중단된 지역아동센터와 대형마트가 들어와 문을 닫은 구멍가게의 빈터를 보노라면 참으로 막막한 기분이 든다. 어쩌겠는가? 바닥까지 몰렸다면 바닥까지 몰리는 수밖에.

하지만 유구한 역사의 가르침에 의하면 바닥이라는 곳이 끝은 아니다. 헛된 기대와 섣부른 낙관은 할 수 없을지라도 역사는 언제고 바닥에서 다시 시작하는 속성을 가지고 있다. 절망 속에서 한 줄기 희망을 찾기 위해 몸부림치는 동안, 일상에 단단히 뿌리내린 채 견디고 버티는 사이, 사문이 사바대중을 깨우치기 위해 치는 목탁처럼 삶의 육탁(肉鐸)은 펄떡거리며 되살아날 테니.

*

주절주절 긴 글을 쓰기보다는 시 한 편을 옮겨 적는 것이 마음을 전하는 더 나은 방법이 아닐까 하는 생각이 들 때가 있다. 다만 지면이 좁음을 변명 삼기에, 덧붙인 넋두리는 모두 부끄러운 사족일 뿐.

> 새벽 어판장 어선에서 막 쏟아낸 고기들이 파닥파닥 바닥을 치고 있다
> 육탁(肉鐸) 같다
> 더 이상 칠 것 없어도 결코 치고 싶지 않은 생의 바닥
> 생애에서 제일 센 힘은 바닥을 칠 때 나온다
> 나도 한때 바닥을 친 뒤 바닥보다 더 깊고 어둔 바닥을 만난 적이 있다
> 육탁을 치는 힘으로 살지 못했다는 것을 바닥 치면서 알았다
> 도다리 광어 우럭들도 바다가 다 제 세상이었던 때 있었을 것이다
> 내가 무덤 속 같은 검은 비닐봉지의 입을 열자
> 고기 눈 속으로 어판장 알전구 빛이 심해처럼 캄캄하게 스며들었다
> 아직도 바다 냄새 싱싱한,
> 공포 앞에서도 아니 죽어서도 닫을 수 없는 작고 둥근 창문
> 늘 열려 있어서 눈물 고일 시간도 없었으리라

고이지 못한 그 시간들이 염분을 풀어 바닷물을 저토록 짜게 만

들었으리라

누군가를 오래 기다린 사람의 집 창문도 저렇게 늘 열려서 불빛

을 흘릴 것이다

지하도에서 역 대합실에서 칠 바닥도 없이 하얗게 소금에 절이는

악몽을 꾸다 잠깬

그의 작고 둥근 창문도 소금보다 눈부신 그 불빛 그리워할 것이다

집에 도착하면 캄캄한 방문을 열고

나보다 손에 들린 검은 비닐봉지부터 마중할 새끼들 같은, 새끼들

눈빛 같은

— 배한봉, 〈육탁(肉鐸)〉 전문

《2011 제26회 소월시문학상 작품집》, 문학사상, 2011)

삶은 홀수다

초판 1쇄 발행 2012년 10월 22일
초판 2쇄 발행 2012년 11월 19일

지은이 김별아
펴낸이 이기섭
편집인 김수영
책임편집 이지은
기획편집 임윤희 김윤정 정회엽 이조운
마케팅 조재성 성기준 정윤성 한성진 정영은
관리 김미란 장혜정

펴낸곳 한겨레출판(주) www.hanibook.co.kr
등록 2006년 1월 4일 제313-2006-00003호
주소 121-750 서울시 마포구 공덕동 116-25 한겨레신문 4층
전화 02) 6383-1602~1603 **팩스** 02) 6383-1610
대표메일 book@hanibook.co.kr

ISBN 978-89-8431-621-8   03810

* 책값은 뒤표지에 있습니다.
* 파본은 구입하신 서점에서 바꾸어 드립니다.
* 이 책의 일부 또는 전부를 재사용하려면 반드시 저작권자와 한겨레출판(주) 양측의 동의를 얻어야
  합니다.